光文社文庫

文庫オリジナル

全裸記者

沢里裕二

KOBUNSHA

JN020549

光　文　社

この作品はフィクションであり、特定の個人、団体等とはいっさい関係がありません。

著者

目次

三誉の松

1

二〇一六年、夏。夕間暮れ。

青森市の東部に位置する合浦《がっぽ》公園。

前方に三誉《みよ》の松と呼ばれる樹齢四百年の松の木が見える。

幹が三股に分かれていることから三誉の松と命名されたという。市の天然記念物に指定されている。

俗説の一つであるが、松とは、神がその木に天降ることをマツ（待つ）という意味から、そう名付けられたという。葉が二股なことからマタの転とする説もある。

――だとすれば、俺にはいま幸運が降ってきている。

風俗記者としてはまたとないスクープだった。

三誉の松の裏側で、一組のカップルが乳繰り合っていた。

毎朝《まいちょう》スポーツのアダルト面担当記者、川崎浩二《かわさきこうじ》は被写体の男女から五メートルの位置からカメラを向けていた。

ここが、ぎりぎり被写体に寄れる位置だった。

土の上に腹ばいになっていたが、股間が膨れあがって、ズキズキと痛む。

やはり演出なしのドキュメントは迫力が違う。欲しかった写真は、まさしくこれだ。

木下闇《こしたやみ》の奥から、微《かす》かだが、ふたりの会話も聞こえてきた。

「まいね、こんなところで出来ねってばさ」

女は松の木に背中が完全に押しつけられているため、逃げ場を失っていた。

「なんも、なんも、おめだの亭主のことだば、ちゃんと庇《かば》ってやる。したはんで心配いらね。さぁ、股ば、もう少し開げや」

銀髪のゴルフ焼けした男が、女のプリーツスカートの股間に、むりやり自分の太腿《ふともも》を圧《お》し込んでいた。

レモンイエローのスカート生地が、股間に窪《くぼ》んでいき、両脚の形がくっきりと浮かび上がってきた。儚《はかな》げな顔とは反比例する肉感的な下肢である。

中年男が、両手でしっかり女の尻丘を抱きよせ、股間同士を密着させた。チークダンスで、やたら足をクロスさせたがるスケベオヤジの動きのようだ。

「いやいや、それとこれは、別だべさ。あぁ……」

ファインダーの中で、女の顔が歪《ゆが》みだした。嫌悪と喜悦の狭間にいるような歪みだ。

——こいつは、本物の野外露出が撮れる。

そう確信した川崎は、夢中で無音設定のシャッターを切りまくった。

大スクープだ。

八月でも陽が沈みかけると気温二十度を切る青森市。季節感は東京よりも確実に二か月先行している感じで、涼しいという表現を通りこして、もはや肌寒いというほうがあっている。

首都圏では、まだ半袖が主流だが、中年男は濃紺のジャケットにノーネクタイ。それに灰色の紳士ズボンを穿《は》いていた。すっかり秋の装いだ。

男はゴルフ帰りの中間管理職。そんなところだろうか。

女のほうは、白のブラウスにスカイブルーのサマーセーターを重ねている。下はレモンイエローのプリーツスカートというノーブルな装いで、こう言ってはなんだが、寒々とした町の背景とはミスマッチな垢抜けた印象だった。

ふたりのその品のよい服装と丸出しの津軽弁に、川崎は、なんともいえぬギャップを感じた。

中年男の指が、サマーセーターの裾を摘《つ》まんだ。指先が差し込む夕日に赤く映えた。

「やめでけれ。私、外でおっぱい出したぐねぇ。へっぺ《エッチ》ば、するんだら、ホテルさ、いぐべ」

女は懸命に首を横に振っていた。

「わだば《おれは》ホテルでやるのってもう飽ぎでまった。おめも、外で乳房《ぱいちょ》とか、まんじゅう、まんじゅうをちょされれば《触られれば》、興奮するべよ」

「なにはんがくさいごと喋《しゃべ》っているんですか。外で、まんじゅうば出す女なんて、いねべ」

日本一難解とされる方言――津軽弁による会話が耳に飛び込んでくる。

東京者の川崎には、意味不明な部分が、よけいに卑猥さが増して聞こえる。〈まんじゅう〉とはおそらく女のアソコのことだろう。

「さしね《うるさい》！　へば、まんずぱいちょ《最初は》からだ」

男が女のサマーセーターを捲《まく》り、白いブラウスのボタンを引きちぎった。レースの縁《ふち》取りがついた白いブラジャーに包まれたバストが飛びだした。

「あぁ」

叫び声をあげた女の小さな口を、中年男がたらこのような唇を重ねて塞《ふさ》ぐ。接吻をしたまま、ブラジャーを引き上げた。

窮屈な空間に押し込められていたメロンサイズの乳房が、踊るように飛び出してきた。

遠くからねぶた祭りの囃子《はやし》声が聞こえてくる。

中年男が、その乳房を鷲掴《わしづか》みにし、乱暴に揉《も》み始めた。

「いい、ぱいちょだな。涼子《りょうこ》のこのぱいちょを一回触ったら、もう癖になってな」

中年男は荒い息を吐きながら言っている。

川崎は完全に勃起した。

土の表面に、膨張《ぼうちょう》した陰茎がめり込んだ。少し腰を動かすと、いま触れていた位置にバナナのような形がついていた。

――情けねえ。

胸底でそう呟《つぶや》き、そのまま怒張した陰茎で、軽く地面を摩擦してみる。

――気持ちがいい。

そんなことにかまけている場合ではなかった。

女の名前は笹川《ささがわ》涼子。二十六歳の人妻。不正融資の噂《うわさ》のある青森ほほえみ信用金庫の融資課長笹川正明《まさあき》の妻だ。

わけあって、この女の後を追ってきたら、おもわぬエロ場面に発展してしまったというわけだ。

風俗《エロ》担当としては、大スクープをゲットすることになった。

だが、これで終わりにはしない。この女の背後には、もっと大きなスクープの匂いがするのだ。

川崎は股間以上に野心を膨らませた。

これでも、元は、親会社の社会部記者だ。事件ネタへの嗅覚はあるほうだ。

＊

事の起こりは、昨夜だ。

川崎は、毎朝スポーツ、アダルト面の特集企画の取材のために、青森市を訪れていた。

スポーツ紙のアダルト面はいってみれば暇ネタだ。

紙面の大半は、ＡＶ制作会社から提供された宣材写真を大きく使うことでインパクトをつくり、専門ライターによる、ＡＶ女優のインタビュー記事や風俗探訪記で、読者のニーズに応えている。

どちらも風俗記事を得意とする編集プロに任せていることが多い。

社員記者が、AVプロダクションや違法すれすれと思われる風俗店に直接かかわることは、トラブルの元だからだ。

したがって、本紙記者が、直接風俗店を取材しないのが毎朝スポーツの原則である。

そうした取材は編集プロダクションの風俗ライターに任せ、社員は、上がってきた記事や写真を整理し、紙面を構成することに専念するのだ。つまり記者ではなくデスク業務である。だが川崎はこれを無視した。堂々と風俗の最前線を取材した。

今回は毎スポ恒例の盆暮れ企画。これこそ社員が仕切らずにはいられない特集だ。

野外露出カップル盗撮企画だ。

これはあくまで報道なのだ。いや厳密には、これもまた企画のひとつなのだが、建前上、報道だと言い切っている。

虚実の隙間《すきま》のような企画なのだ。

ここ数年、夏は、祭りの夜の乱行をテーマにしている。冬はスキー場での乱れた関係が定番になっている。

今年は『ねぶた祭《まつり》の夜・危ない女たち』と題した特集のために、川崎は、本州の最北端にある県庁所在地、青森市にやって来ていた。

到着と同時に、まずはやらせ撮影用の男女を調達した。これはエロ担としての常とう手段である。

出張期間中に、必ずしもスクープ・エロがゲット出来るとは限らないからだ。空手で東京に戻るわけにはいかないので、保険を掛けるのだ。

モデルの手配は地元風俗情報誌の編集長に頼んだ。

蛇の道は蛇だ。

デリヘル嬢とそのヒモがやってきて、二シーン。三百カットほどを撮らせてくれた。

ビルの屋上で、行進するねぶたの俯瞰を取り込みながら、地元で言うところの「へっぺ」をやってもらった。へっぺはセックスを指す。女性器はその形態から、この地方では『まんじゅう』と呼ばれており、標準語同様に行為そのものも指す。この場合は『まんじゅうする』『まんじゅうした』と表現する。

屋上の撮影につづいて繁華街のビルの谷間で、フェラチオシーンや、立ちまんの様子を押さえ、近頃、もっとも人気のある「駐車場・野ション」で締めた。

パンツを下ろして車と車の間にしゃがみ込んだデリヘル嬢の智美《ともみ》ちゃんは、カメラに向かって、いきなり威勢よく飛ばしてくれた。

二十五歳だという智美ちゃんはとてもノリのよい子だったのだ。終わって、居酒屋で打ち上げとなった。炙《あぶ》りたらこと筋子《すじこ》をツマミに、さんざん飲んだ智美ちゃんが、ふとヒモの男に漏らした言葉が、川崎の耳に引っかかった。

『ほほえみ信金の融資課長さんが、ヤクザに攫《さら》われそうだって、ほんとだが？』

川崎は聞き耳を立てた。エロ担としてではなく、元社会部記者としての本能が、先に立っていた。

『よぐは知らねぇ。けんどさ。本町《ほんちょう》通りのリオブラボーって店にいたボニータっていう女がよ。信金の課長さんから、とんでもねぇ額の金ばとって、ブラジルさ、帰ったっていう話だ』

ヒモのノボルがそう答え、鮭茶漬けが食いたいと言いだした。

川崎はすぐに頼んでやった。

『ボニータはなんぼぐらい、引っ張ったんだべ』

智美ちゃんは、さらに日本酒を呷《あお》った。ボニータが気に入らないような口ぶりだ。

歌舞伎町《かぶきちょう》の女から聞いたことがあるが、外国人ホステスはデリヘル嬢の最大のライバルだという。水の顔をして、ウリもやるからだ。

『あっちの女は穴が、おっきいから、札束もバンバン入るんじゃねぇのがな』

ノボルが言うと智美ちゃんは、スカートを捲って股間を覗《のぞ》いた。

「私のは、ちっちゃいべ」

「んだ」

ノボルが相槌を打つと、ちょうど鮭茶漬けが運ばれてきた。

川崎はスマホでねぶたの運行スケジュールを確認するふりをして席を立ち、毎朝本社の社会部デスクの田中清吾《たなかせいご》にメールを入れた。

青森ほほえみ信金の現状と融資課長についての照会依頼だ。

田中は就業規則違反という名目で左遷の憂き目にあった川崎を、いまでも買ってくれている、頼れるデスクだった。

返信は早かった。おおよそ三十分で噂の男の人定《じんてい》が出来た。

【笹川正明。三十八歳。地元の進学校から首都圏の国立大学に進学。平成十三年青森ほほえみ信金に入社。一貫して融資畑】

田中の第一報メールにそうあった。

メールは続いた。五月雨《さみだれ》式に送ってくる。

【その信金の財務状態が悪すぎる。間もなく破綻しかねない。反社会的勢力への迂《う》回《かい》融資の疑いがある】

【組織ぐるみで、何かを隠している可能性が大だな】

【川崎、経済部が動く前に、抜けっ。手柄をあげて経済部を見返すんだ。ただし現籍の上司には内緒にしておくんだぞ】

最後の一本は、川崎の気持ちを鷲掴みにするに充分な一言だった。

大手新聞社の情報収集力は一国の諜報機関に匹敵する。

毎朝、読春《よみはる》、東日《とうにち》の三大紙は、霞が関から民間の諜報機関とも恐れられているほどなのだ。そんなわけで、今朝起きるなり、すぐに笹川の妻の尾行を開始した。社会部なら信用金庫そのものに張り込み、経済部なら取引実態を洗うことから取材をはじめるところだが、川崎は現在、系列スポーツ紙のエロ担だ。取材角度は『北国の妖しい人妻たち』でいくしかなかった。

——しかたねぇ。

だが、その行確《こうかく》からエロスクープを得るとは思いもしなかった。

新聞記者は歩くほどスクープに当たるとはまさにこのことだ。

笹川の自宅は青森市内では高級住宅街とされる浜田《はまだ》にあった。午前九時、妻の涼子はその家を出て、近くのバス停から青森駅行きのバスに乗った。青森市内の公共交通機関はすべて市営バスである。

不思議なことに、それより先に夫が出かけた気配はなかった。川崎は涼子を追いバスに同乗した。

清楚な雰囲気を漂《ただよ》わせている美貌の妻であった。背はさほど高くないが、スタイルはいい。

涼子がバスを降りたのは、青森港近くの倉庫街だった。

地元では『ねぶた団地』と呼ばれているストリートだ。涼子は倉庫のひとつに入っていった。いくつかの倉庫はシャッターを上げ、ねぶたを見せていたが、涼子の入った倉庫は閉められていた。

川崎はその日、一日中、ねぶた団地のメインストリートを行き来しながら、涼子の出てくるのを待った。

ちょうど祭りの時期とあって観光客も大勢おり、長時間そこにいても怪しまれることもなかった。

夕方六時を回ったところで、涼子が現れ、すぐにタクシーを拾った。

慌てて追跡すると、市内東部に位置する合浦公園にたどり着いた。

公園の入り口で降りた涼子は、ゆっくりと歩き、園内にある市営球場の前で立ち止まった。

青森市営球場は、見た目は、取り立てて特徴のない地方球場であるが、日本プロ野球史においては、歴史的な球場である。

一九五〇年六月二十八日。この球場で行われたプロ野球公式戦、読売ジャイアンツ対西日本パイレーツ戦で、ジャイアンツの投手、藤本英雄《ふじもとひでお》が、日本人で初めて完全試合を達成したのだ。

そういう由緒ある球場である。

涼子はその球場の前で十秒ほど立っていた。するとすぐに、紺色のジャケットを着た中年男が現れ、目の前の三誉の松の裏手へと導いた。

あの男は何者だ？

川崎は、夕日を背に受けながら、地を這《は》い、ふたりに接近した。

*

木下闇の中で、仄白《ほのじろ》い乳房がさまざまに変形していた。男は乳房を執拗に揉んでいる。絞るように揉んでいる。川崎はカメラの倍率を最大にあげて、ふたりの様子を観察した。

男がとうとう涼子のレモンイエローのプリーツスカートを捲った。涼子はハイレグショーツを着けていた。清楚な人妻の印象とはかなり違う。

「あっ、理事長さん、まんじゅば、ちょし《さわっ》たら、まいねっす《だめです》。人に見られるがら」

理事長だと？

合浦公園の蝉が怒ったように一斉に啼《な》きだした。

川崎は肉茎の先端から飛沫《しぶき》そうになるのを懸命に堪《こら》えながら、液晶を睨《にら》んだ。

デジカメの進歩は目覚ましい。

薄桃色の肉襞が二本の指で開かれ、複雑な筋が浮いたり沈んだりしているところまで写し出していた。

「理事長さん、ぁあぁ、そごを圧さねでけろ。サネの潰しは、だめっさ。あぁ、声出るってばっ」

これは人妻の援助交際か？

理事長と呼ばれた男の親指が、涼子のクリトリスに向かっていた。

川崎のレンズもそこを追う。男の指が手慣れた要領で包皮を剝いていた。親指と人差し指を器用に動かし、隠れていた真珠玉を露《あらわ》にしている。たいした腕前だ。出てきたマメは巨粒だった。

——なんだありゃ。

思わず、川崎は唸《うな》った。

自慰を毎日でもしていなければ、あれほどの大きさには、ならないだろう。

中年男の親指が、まるで拇印でも押すかのように、女の突起を潰した。ぐちゅっ、と音まで聞こえている。

「あぁあああ」

涼子は哀しみと歓喜が交じったような声を上げた。

大きな声だった。

「おめぇ、恥ずかしくねぇのがっ。誰か来たらどうするっ。自分で口ば押さえろ」

中年男の方はそう怒鳴った。

ズームアウトすると、涼子は服従するかのように、両手で口を押さえていた。瞳が大きく見開かれ、大粒の涙が浮かんでいた。

これは一種の凌辱プレイだ。見ている川崎の肉棹もさらに硬度を増した。

中年男は何度も『潰し』を繰り返している。

そのたびに涼子の瞼《まぶた》の周囲に小さな痙攣が起こり、口を押さえる手の甲に筋が浮かんでいる。五度ほど繰り返された後に、涼子の瞳の奥の様子が変化した。嫌悪や拒否の光ではなく、凌辱を求めるような猥褻《わいせつ》な輝きだった。

すくなくとも川崎にはそう見えた。途端に、胸の中に激しい嫉妬が去来した。

中年男はそのまま、涼子の片脚を担ぎ上げた。

タンゴを踊っているようなポーズだ。

中年男が、素早く自分でファスナーを下ろし、漆黒の怒張を取りだすと、すでにとろ蜜に覆われている女裂へとあてがった。腰を何度か上下させ、角度を推し量っている。

「あぁ、ここでハメるのはまいねっす。許してください。あっ……」

ズボッ、と挿入される音が聞こえた。

肉槍が女の洞穴にはまり込む湿った音だった。

エロ担としては最高の絵柄であったが、川崎はその接点を写すのは、やめた。柄にもなく、この人妻に心を奪われてしまったようだ。

——とことん情けねぇ。

腹ばいになったままカメラとタブレットを操作し、男の顔を社会部のデスクに送る。シャッターを切るごとに画像は自動的にタブレットにも送信されているのだ。

メールを添えて顔認証を頼んだ。

毎朝の顔認証能力は警視庁の公安にも負けない。

ぬんちゃ、ずんちゃ、ずんちゃや。男の剛直が涼子の秘裂の中で肉擦れする音がする。

川崎は尻の穴を窄《すぼ》めて噴きこぼれるのを必死に防いだ。この期に及んでトランクスを濡らして帰りたくはない。

一分ほどで返信があった。

【そいつは、青森ほほえみ信金の藤林健太郎《ふじばやしけんたろう》だ。理事長だよ。お前さん尻尾を摑《つか》むのが早いね。やはりかつてのエースだ】

川崎の脳内で、モエ・エ・シャンドンとピンドンが同時に弾け、歓喜の発泡水が打ちあがった。

これで社会部に復帰できそうだ。

＊

新聞記者がスクープを取れる機会というのは、ほぼ偶然でしかないと思う。毎日足を棒のようにして歩き回っても、そうそう特ダネを拾えるわけではない。

スクープゲットとは、所詮、運である。

自分に巡り巡ってきたこのめったにないラッキーチャンスを、なんとしても手にいれたいものだ。

——そうすれば経済部の鼻を明かすこともできる。

社会部から現職に飛ばされたのは二年前。三十三歳の時だ。

その原因というのが無粋極まりない。

生涯の恥でもある。

相手は、秘書課の女。取締役経済部長の秘書だった。

やったのは真夜中の編集局内の応接室。

人気《ひとけ》がなくなった夜の社内で女と思い切りやってみたいという願望は、公務員でも銀行員でも、出版社の編集者でも、きっとみんな一度は抱くはずだ。

勤め人の性《さが》だ。

新聞記者だってそういう野望は抱く。

スクープを得ることだけが記者人生のすべてではなく、狙った女と一発やるのも、人として、大事な目標のはずだ。

なんとか女に承服させて、応接室に連れ込んだ。

なんだかんだと言ってあの女も、応接室に入ってきたのだ。

たぶん、ＯＬにとっても真夜中のオフィスでの一発は、憧れなのではないか。

本当は彼女のデスクの縁に手を突かせて、バックからやりたかったが、さすがにそれは拒まれた。

次の日にそのデスクに座ったら、自慰をしたくなるなどと抜かされた。

黒沢七海《くろさわななみ》という当時二十七歳の女だった。

応接室ならよいという。

「やっぱり、囲いは欲しいよ」

と、ちょっとはにかまれ、のぼせあがってしまったのが、運の尽きだった。

お互い真っ裸になって、七海に「いやっ」とか「もう、だめっ」とか言わせながら応接室のソファの上で、がっちり挿入して抽送していた、そのときだ。

あろうことか、経済部長の中沼靖男《なかぬまやすお》が入ってきたのだ。

七海は、まさかまさかの中沼の愛人で、この部屋で始終逢瀬を重ねていたのだ。

このところ、家庭を顧み始めた中沼への嫉妬心から仕掛けた復讐だった。

――俺こそ、いい面の皮だ。

当然そこは修羅場になり、川崎は服を抱え、全裸で社会部の席まで走ることになった。

編集局はだだっ広い。フロアのもっとも南側にある経済部の応接室から北の端にある社会部までは二百メートルはある。

午前四時。

川崎はその間を全裸で疾走した。

政治部、外信部、運動部、学芸部、科学部、と全力疾走で駆け抜け社会部へたどり着いた。勃起したままでだ。

射精をしていないのだから、縮みようがないのだ。

誰かが見たら、殺人犯よりも怖かったことだろう。

十日後。

社会部長から辞令がおりた。

風俗担当としての才能があるとの理由で、系列のスポーツ紙に出向させられた。

自業自得といえばその通りだが、いちいち社会部にチクった経済部の部長もケツの穴が小さい。鼻を明かしてやりたいものだ。

2

翌日、川崎は最初にデリヘル嬢を世話してくれた地元の風俗情報誌の編集長兼経営者を訪ねた。

どの地方でも風俗関係の中枢にいる者ほど、その町の裏事情に精通しているものだ。

風俗誌『淫閣寺《いんかくじ》』編集部は、港のはずれにある崩れかかったビルの二階にあった。一階はアダルトグッズ店で、同社が経営しているそうだ。

「三島《みしま》社長、取材協力費をあと二十万ほど、追加しますよ。今日は話だけ聞かせてもらえませんか」

川崎は二日前に知った噂の概要を説明し、単刀直入に切りだした。

「あんた、本当に毎スポの人だがね？　東京系の組の手先じゃねぇべな？」

初老の社長、三島潤一郎《じゅんいちろう》に睨まれた。

頰《ほお》にかすかに残る切り傷の痕が、この男のバックグラウンドを物語っている。

「社に問い合わせてくれてもいいですよ」

川崎は社員証と二十万円の入った封筒を、机の上に放り投げた。相手はしょうがないというふうに顎《あご》を引き、素早く封筒を引き出しの中に仕舞った。

「一応、御社の名前で領収書を切ってください。但し書きは、風俗情報料とか、五名派遣とか、そんなふうにしてもらえませんかね」

社名は幸い『淫閣寺』ではない。『㈱奥の細道社』だ。たいして変わらないが、社名の方がまだマシだ。

「バイブ二十本ではだめか」

「それでもかまいません」

『奥の細道社』からバイブ二十本。風俗面の経費で落とせる。

「青森ほほえみ信金で、何が起こっているんですかね？」

単刀直入に聞いた。裏社会と通じている人間とは、余計な会話を避けた方が身のためだ。

会話のどの部分からでも、彼らは難癖をつけてくるからだ。

三島は、しばらく天井を見上げて、沈黙した。

「あそこは、不倫と穴兄弟姉妹だらけの金融機関だ」

ようやく吐いたセリフがそれだった。

「いやいや社長、そういう情報ではなく、不正融資について知りたいんですが」

社員がバイブを二十本持って上がってきた。すべて大型だった。

「本当に買うわけじゃありません。領収書だけでいいんです」

社長は頷《うなず》いて、バイブが山積になった机の上で、領収書を書きだした。

「あの信金は、つまり、これと同じような取引をしているわけさ」

ボールペンを走らせながら、三島が言う。上目遣《うわめづか》いの両眼の奥に凶暴な光が浮かんでいる。朽ちかけたビルの窓から微かに差し込む陽の光が、三島の顔の半面だけを照らしていた。この男の二面性を表しているようだ。

「意味がよくわかりません」

川崎は問い直した。

「取引実態のないペーパーカンパニーへの不正融資だ。もちろん相手はヤクザのフロント企業だ。もう十年以上も前からだ」

デスクから聞いた話とも合致する。

「目的は」

「理事長の藤林や県警、県庁の幹部の遊興費の穴埋めだ。みんなブラジルやチリの女にいれあげちまって、役所や金庫の金に手を付けちまったのさ。十年ぐらい前にな」

「この青森で似たような横領事件があったことを記憶していますが」

「あれは氷山の一角さ」

「着服した金を融資したことにみせかけたということですか？」

川崎は顎を扱《しご》きながら聞いた。

「そういうこった。地元《ここ》の道奥会《どうおうかい》が絡《から》んでいる」

「ヤクザが絡んだら、逆リーチも食らうでしょう」

「とっくに食らっているさ。とくにこの二年ぐらいはズブズブに抜き取られている。おらが、あんたに話しするぐらいだ。もう時間の問題ってことさ」

三島には、すでに先が読めているに違いない。

「どういう絵になっているのでしょう？」

川崎は押した。

ジャケットの内ポケットに手を入れ、さらに五万円取りだす。

「これしか持ち合わせがない。領収書はいらないですよ」

三島が腕を組んだ。じっと川崎を睨みつけてくる。昏《くら》い視線だ。

「欲しいのは、手柄っつうことか」

痛いところを突かれた気分だ。川崎は正直に頷いた。

「まぁ、いいべ。自腹で手土産を買うとはいい心掛けだ。教えてやる。融資課長に全部背負わせるつもりだ。ブラジル人女に貢いで十五億円横領した課長が、自殺するって絵がもうできるはずだ」

「それで、すべての使途不明金を帳消しに？」

川崎は息をのんだ。とんでもないスクープだ。

「んだ。実際、裏帳簿を付けていたのは、その男さ。国税が入ったら、すぐに融資課長は攫われて、青森湾に突き落とされるな。まぁ時期が遅れて、雪が降りだしたら、八甲田山《はっこうださん》で入山自殺ってことに仕立てる……そんなところだろうなぁ」

三島が頬の傷を撫でた。川崎の背中に冷たい汗が流れる。自分の顔が強張るのがわかった。三島が、じっと川崎の顔を覗き込んできて、突然笑った。

「ぜ〜んぶ、架空の話ださ」

さらに大声を上げて、笑う。

ここまでだ。

「ありがとうございました」

川崎は席を立った。

「バイブ一本ぐらいは持っていけ。実体のない不正取引はしないほうがいい」

三島が紫色の極太バイブを差しだしてきた。川崎は苦笑しながら受け取った。二十五万円のバイブレーターということになる。

――せっかくだから、誰かに使うか？　それともプレゼントするか？

アダルト面に寄稿している数人の女性ライターや官能作家の顔が浮かんだ。いずれもオナニーマニアたちだった。

彼女たちがバイブを使っている様子を想像しながら、錆《さ》びた鉄扉を開け、通りに出た。すっきりしない曇り空が続いている。

青森港のほうから潮風が吹いてきた。陰鬱な風だ。

昭和の遺構のような細い飲み屋街は、いずれも扉を閉めていた。すでに廃業したストリップ劇場の看板が、斜めに傾いている。昭和四十年代のいかがわしい歓楽地帯が、ここではまだ息づいているのだ。

青森駅の付近まで歩く。その間、頻繁に社会部デスクの田中と電話でやり取りをした。

「川崎、不正融資の経済事案で持っていかれる前に、拉致監禁とかでっちあげて、うちのスクープにしちまえ」

田中が吠えた。

「でも、社会部で、ヤラセはまずいでしょうよ」

「いや正義のヤラセならいいだろう」

田中が声を潜めた。狡猾に片眉を吊りあげている表情が目に浮かぶ。

この男にそんな正義感はない。それは川崎も同じだった。

どうやら涼子に直接取材をかける時が来たようだった。

川崎はすぐにねぶた団地へ向かった。

五分ほどで目的地に着いた。

涼子がいるはずの倉庫は通りのほぼ中央に位置していた。

昨日は下ろされていた入り口のシャッターが上がっている。

『義経《よしつね》と弁慶《べんけい》』と題された大型ねぶたがそびえ立っていた。

棟梁であるねぶた師が指示を伝え、数人の職人たちが、作業をしている。藍染作《さ》務《む》衣《え》を着た涼子は、高い梯子の上に乗り義経の目に貼られた新たな白紙に筆を走らせていた。彼女はねぶた絵師ということらしい。

義経の目は二階建て住宅の屋根の上ほどの高さにあった。

涼子が梯子に掴まりながら、腕を伸ばす様子は、消防隊の出初め式で演技をする鳶《とび》の姿に似ていた。

観光客たちも、その姿を息をのんで見守っている。

川崎は持参したカメラのレンズの倍率をあげた。

涼子の尻に焦点を合わせる。作務衣の下衣に包まれた尻がパンパンに張って見えるのだ。

筆を這わせる上半身につられてゆらゆらと動く尻に、川崎は見惚《みと》れた。レンズは、他の見物人たちでは見極めることの出来ない細部まで、捉えている。

涼子がさらに腕を伸ばした。

身体《からだ》全体が横倒しになり、梯子の上で片脚も跳ねあがった。

ねぶたに対して垂直に伸びている。

「おぉ」

見物人から歓声があがる。空中で大見得を切る歌舞伎役者のようだった。

川崎はレンズの焦点を尻ではなく、股間に変えた。紺色の作務衣が股にピッタリ張りつき、割れ目が浮かびあがっているのが確認できた。

――エロい。

川崎の大脳にも発情のスイッチが入った。視姦するように執拗に股間を追った。

筋がくねくねと動く様子がわかった。昨夜藤林の男根を受け容れた女陰だと思うと、言いようのない嫉妬に駆られた。

午後の三時を回ったところで、ねぶた師が「休憩」と叫んだ。男の職人たちが煙草や缶ジュースを持ち小屋から出てくる。

それを潮に、見物人たちは、別の倉庫へと移動していく。

涼子は出てこなかった。川崎はその場で腰を下ろし、いかにも観光客らしく道路の上に地図を広げ、様子を窺《うかが》った。

白髪のねぶた師といかつい男職人たちが、大きく伸びをして、飲食店の多い新町《しんまち》通りの方へと歩いていく。

職人たちは、しばらく戻ってこない雰囲気だった。

川崎は無言で、ねぶた倉庫の中へ入った。

木材や絵具の匂いのする庫内を、ねぶた舞台に沿ってゆっくり歩いて、涼子を探した。

舞台の隅に涼子らしき二本足を発見した。

ガレージで車の下に潜り込む整備士のように、涼子は滑車付きの背板に寝ころび、ねぶた舞台の底に潜り込んでいたのだ。

そっと近づいた。

ねじを回す音が聞こえる。

ねぶたはただ真っ直ぐ進むだけではない。要所、要所で見得を切るために、回り舞台のように回転する仕組みになっている。涼子はその『盆』と呼ばれる回転舞台の調節をしているようだった。

外から聞こえる大音量のねぶた囃子の音に合わせて、出ている足がリズムを取っていた。地下足袋《じかたび》だった。

ラッセラー、ラッセラー、ラッセ、ラッセ、ラッセ、ラッセラー。掛け声に合わせて、涼子の足袋が首を振っていた。何ともかわいらしい光景だ。

川崎はしゃがみ込み、その足の出ている方向を覗き込んだ。誰もいないと信じているのだろう、涼子は真上を向いたまま、夢中でレンチを回している。

川崎は声をかけるのも忘れ、作務衣の股間を眺めた。

縦に一本の割れ目が、スーッと通っている。深く食い込んでいた。

呼吸をするたびに、その割れ目が収縮する。

カメラを向けるのも忘れ、しばし見惚れた。

ラッセラー、ラッセラー。

割れ目から噎《む》せ返るような濃密な性臭が放たれてくる。舌なめずりをしながら、川崎はその割れ目に向かって声をかけた。

「毎朝新聞のものです。ご主人の話をお聞きしたい」

3

涼子の上半身は、まだすっぽり舞台の下に隠れていた。

表情を読むことは出来ない。

「県警はあなたのご主人を見切っていますよ」

あきらかな嘘をついた。

これが刑事には出来ない質問のぶつけかただ。

「もう、新聞社にバレているんですか」

キャスターに仰向《あおむ》けに寝たままの涼子が、音を立てて滑り出てきた。顔が出る前にふた山のバストが出現した。大ぶりの青森りんごだ。丸齧《かじ》りしたい。

「あの人はなんも、悪ぐねんだよ。ぜんぶ理事長の藤林がやったことだ」

涼子は、仰向けのまま、あっさりと白状した。覚悟を決めたようだ。

「では、なぜ、ご主人がそれを被《かぶ》せられる」

川崎は突っ込んだ。涼子の顔と股間に視線を往復させる。股間に視線が止まる時間の方が長い。

「ゆっくり話すんべが……」

涼子が立ち上がり、奥に飾られている神棚の上にあった日本酒を持ってきた。田《でん》酒《しゅ》の四合瓶。それを湯呑みに注ぐ。壁際に立てかけてあったパイプ椅子を二脚対面させ、わけもなく乾杯した。

「酒でも呑まねば、話せるもんでねぇ」

涼子が、ぐいっ、と呑んだ。

川崎も呷った。

「ご主人が、この件をすべて告発してしまえばいいことじゃないですかね。ひとりで被る必要はないでしょう」

「ぜんぶ私のせいだから」

涼子はまたぐいっ、と呑んだ。昏い目の奥に、紅《あか》い光が灯《とも》る。

「はんずかしい話だけど、私、東京の宝蔵《ほうぞう》女子芸術大の美術学部に通っていた頃にね、ほんの数回だけ援助交際をしたことがあるんだわ。渋谷《しぶや》の109の前に立ってやっていたんだわ。七〜八年前はあのあたりが、援助交際の聖地だったからね」

涼子は観念したように、ねぶたのてっぺんを仰いだ。宝蔵女子芸大は、もともと単科大学であったが、一九九二年に総合芸術大学に生まれ変わり、以後、商業芸術の分野に多くの人材を輩出している。

広告代理店の女性クリエイターに、この大学の出身者が多いことでも知られ、近頃では映画学部が最難関と聞いていた。有名大学である。

「なんと……」

川崎は涼子の告白に茫然となった。

信金の融資課長の妻の口から出る言葉とは思えなかった。ただし、この二日間、涼子を張り込んでいて、ひとつわかったことがある。

——この女、どこか隙がありすぎる。

おっとりしているというか、無防備というか、本人にその気はないのだろうが、男が誘いたくなるような、匂いを放っている女なのだ。

やらせてくれそうな女。そんな匂いだ。

そういう川崎も、張り込みをしている間に、やりたくてしょうがなくなっていた。恋心と発情を同時に誘う女だ。

「金のためだったのか」

「いや、興味本位って言った方がいいな。したがら、本番はやってねっさ。乳を触らせるのと、男のアソコを舐めるだけにしてだ。だけんど、あの時の客に藤林がいたとはな……まさか青森から来ているなんて思わねぇものさ」

涼子は肩を落とした。

よくある、たった一度の間違いというやつだ。

「いつ気づかれたんだ」

「笹川との披露宴の席でだわ。最悪だべ」

涼子はもう一杯、呷った。呷るほどに双眸《そうぼう》に猥褻な光が宿る。

「シラを切る手はなかったのか」

「藤林は完璧に記憶していたよ。写真も撮らせていたからね」

「なんてこった」

写真は最悪だ。

いまどきの女子高生も、エロチャットサイトで小遣い稼ぎとばかりに、深く考えずに性器を露出させたりしているが、それがもとで、一生悔やむこともあり得るわけだ。

この頃の涼子も、おそらく、未来に災難が降りかかってくるとは思わなかったはずだ。

「その頃はね。入れてたわけじゃないがらさ、いいと思ったのさ。藤林は変態でね。私にオナニーさせて、その写真を撮らしてくれっていってきたんだ。私当時十八だよ。アソコを見せて、適当に触って五万は、いい小遣いっしょ」

その五万が十五億の横領を被せられる原因になった。

「すぐに脅されたのか」

「んだ。披露宴の終わりに『やぁ、あの時の』と、にやりと笑われたんで、私は新婚旅行の前に笹川にカミングアウトしたよ。この結婚は無理だって」

涼子の唇が、わなわなと震えはじめた。

「笹川はどう受け止めたんだ」

「そりゃ、怒ったさ。でも信用金庫や親戚の手前、成田離婚では具合が悪すぎる。笹川は三年から五年ぐらいしたら別れようと言ってきた。それまでは仮面夫婦でいぐべってな。私としては受けるしかねぇべ。こっちが原因なんだから」

事実だとすれば、涼子は苦行に等しい結婚生活を送っていたことになる。

「だがら、笹川は家のことなんて、見向きもしなかったよ。私のことは家政婦と割り切っていた。親の面倒とかをみてくれればいいと」

「笹川にとっても苦しい選択だったのではないか」

男として笹川に同情すべき点もある。

涼子は嗚咽《おえつ》を堪えながら、何度も頷いた。

「ほんと、あの人には、申し訳ねぇごとした。東京の一流大学でたのに、一生を棒に振らせてしまった」

「だから、笹川は藤林の言いなりになってきたってわけか」

妻の秘密をばらされたくないために、笹川は共謀の罪をも引き受けたということだ。

「あの人は、いずれ私とも別れ、信金も辞めるつもりだ。だけんどそれまでは、藤林の言う通りにせねばなんねぇって……だから私も……」

涼子はそこで言葉を切った。さすがに、いまでも身体を許しているとは言いたくないのだろう。

「間もなく信金にさまざまな捜査の手が伸びる。藤林や県の幹部は、笹川を攫うタイミングを見計らっている」

ブラフだった。

「いいや、まだ大丈夫だ……」

涼子がぽつりと言った。目が据わっている。

「そう言い切れる、根拠があるのか」

川崎の気が急《せ》いた。

「信金がヤクザのペーパーカンパニーへ融資していた裏帳簿のコピーを、笹川は隠し持っている。県警や県庁幹部の名前もびっしり書かれている。その隠し場所を言わない限り、あいつらも怖くて手がだせね」

その隠し場所はおそらく涼子も知っている。だから藤林は涼子を手なずけようとしているのだ。

ピンとくるものがあった。

川崎は瀬戸物の湯呑み茶碗をコンクリートに叩きつけた。

茶碗が木っ端微塵《こっぱみじん》に飛び散った。

ねぶた舞台の下に潜った。

「まいね、そこば、見たらまいねって」

義経と弁慶のちょうど足元に、ビニールシートに覆われた書類袋がガムテープで貼りつけられていた。やはりここに隠していた。

川崎はビニールを引きちぎり、書類袋を開けた。涼子がふらふらと地べたに座り込んだ。口を半開きにして、バストを摑んでいる。

——何している？

涼子の仕草《しぐさ》が気になったが、かまわず、川崎は丹念に帳簿コピーを読んだ。〈平成の黒革の手帳—東北編—〉と大見出しをつけたくなるような内容だった。

「これが表に出たら、とんでもないことになる……」

思わず舌舐めずりをした。記者の本能だ。視線をあげて涼子を見た。床に座ったまま、作務衣の上から乳房を握り、股間の割れ目に指を立てていた。

「どうした……具合でも悪いのか」

「もう、まいね。緊張して頭がパンクしそうだ。手まんちょでもしてねば、卒倒してしまう……あぁ」

自慰依存症だ。

人は究極まで追い込まれると、快楽に逃げようとする。この場合、覚せい剤と自慰は同じ次元にある。

「俺が、藤林を告発出来る記事を書いてやる」

川崎は一世一代のやらせを思いついた。

「だめだぁ。そしたらことしたらさ、わたしの過去がバレて、笹川が困ったことになる」

「藤林だけが別件逮捕されれば、世間の目はすべて、そっちに向く。信金もすべてを藤林に被せることが出来るってわけだ」

「……あんたが新聞記者だって証拠はどこにもないよ」

涼子が疑い深い目を向けてきた。

無理もない。虐待に近い日々を送ってきたのだ。

「俺が欲しいのはスクープだけだ。本当だ。この先、あんたを強請《ゆす》る気などない」

「私は、笹川が捕まらなければそれだけでいい。東京でも海外でも、青森に縁のないところで暮らしたい」

「だったら、取引しよう」

＊

ラッセラー、ラッセッラー、ラッセ、ラッセ、ラッセラー。

新町通りに面したホテルの窓から、ねぶたを運行する音が聞こえた。

川崎は部屋をシングルからツインに変えていた。

涼子が一緒だった。

互いに真っ裸になってベッドに入ったばかりだった。この三年、藤林の恐喝と、笹川への背徳感に苛《さいな》まれていたのだろう。涼子の淫芽は異常に膨れあがっていた。

涼子が胸の上に顔を近づけてきた。いきなり乳首を舐められた。ねっとりとした人妻の舌に、川崎は恥辱にまみれながらも、歓喜の声をあげた。

「うっ、気持ちいい」

川崎は、正直に答えた。

「発情したのは、四年ぶりかな。笹川と普通の関係だった頃以来よ」

涼子は徐々に思いだしたらしい標準語を使っていたがイントネーションはやはり津軽弁だった。

「いや、もう一回だけ、挿入されてほしい。一瞬だけだ」

川崎は乳首が蕩《とろ》けそうになる快感に耐えながら、涼子の頭を撫でた。

「あんたとは、これから挿入するんでしょう」

乳首を舐めながら、涼子がすっと陰茎に手を伸ばしてきた。

「いいや、俺以外にだ……」

涼子の耳もとで、そう囁《ささや》いた。涼子の眉間《みけん》に皺《しわ》が寄る。

「あなた何を企《たくら》んでいるの？」

涼子が身体を下げて唇を陰茎に近づけてきた。

「新聞社の威力を見せてやるよ」

川崎は力を込めて言い、横に張りだしている涼子の尻に手を伸ばした。陰部に触れる。秘孔を指で激しく掻《か》きまわした。

「あぁああ」

きつく、きつく仕置きするように、肉層を右に左に抉《えぐ》った。

「あぅ」

濃い液が溢《あふ》れてきた。充分に勃起した男茎を確認して、涼子はみずから四つん這いになった。

「罰を与えてください」

涼子が、尻を掲《かか》げた。元々被虐願望がある女なのか、それとも、何かをいまここで吹っ切ろうとしているのか。そのどちらでもあるように見えた。

「あんたに罰を与える資格なんか、俺にはない」

「川崎さんでいいんです。偶然かもしれないですが、このタイミングで、私の前に現れたということが、ひとつの運なんです」

「それならいい」

川崎自身も運を感じていた。

出会いも、仕事の業績も、生も死も、ひとつの運だと思うことがある。懸命に仕事をしても、上には上がいる。

努力は報われるはずだが、世の中それればかりでもあるまい。成功した人間が、自分の百倍努力したとは思えない。

誰にとっても一日は二十四時間であり、一週間は七日だ。努力の差は三倍以上つかないのではないかと、川崎は思う。

所詮、運だ。

経済部長の愛人に手を出し、見つかったのは、ツキがなかっただけだ。

この女との出会いも運だ。そして、今度は上がりそうな気配だ。

「挿入させてもらう」

「はい」

涼子の秘裂に亀頭をあてがい、腰を送った。ずいずいと亀頭が侵入していく。膣が狭い。

鰓《えら》を斜めに動かし、膣路を抉りながら突き進んだ。奥の細道を亀頭が行く。

「はうぅぅ」

涼子が顎を上げ、喘《あえ》ぎ声をあげた。

「俺は、あんたを裏切らない。俺の仕事をしたいだけだ」

ゆっくり抽送を開始しながら伝える。

肉と肉が繋《つな》がっている部分がよく見えた。紅い渓谷の中に、ずちゅっ、ずちゅっ、と赤銅色《しゃくどういろ》の肉棒が出没運動を繰り返していた。

「あっ、はうっ。もっと強く、きつく突いてください。もう私のおまんじゅうなんか、壊れてしまえばいいんだわ。ここが気持ちがよくなってはいけないのよ」

涼子が、尻を打ち返してきた。

「そう、自分を責めるな。ちょっと運が悪かっただけだ。いずれ風向きは変わる」

川崎は、言いながら両手を乳房に伸ばした。

涼子は四つん這いになっているので、双乳はより量感をましていた。両手から溢れ出るそのバストを、川崎は乱暴に揉んでやった。

常日頃なら、川崎はもう少し優しく女性を愛撫する。だが、涼子には、乱暴なぐらいなほうがいいらしい。

自慰や肉交で得る快楽だけが、この女から、ひととき苦しみを忘れさせていたのだろう。

それならば、公園での藤森との露悪的な肉交も頷ける。

すでに自分の夫から見捨てられているのだから、誰とセックスをしようが、かまわないということだ。

被虐。それが赦《ゆる》しであり、快楽となった。

「あっ、もっとぐちゃぐちゃに揉んでください」

涼子が激しく尻を前後させながら、そう叫んでいる。川崎の手のひらの中央で、乳首がはち切れそうなほどに硬直していた。

「すぐに、楽にしてやるよ」

川崎は、肉槍を差し込んだまま、涼子の身体を回転させ体位を変えた。

「あうぅうう。まんちょの中で、棹が一回転するなんて、初めてよ」

レスリングで裏返され、フォールを決められたように抑え込まれた涼子はしどろもどろになっていた。

正常位になった。

「気を楽に持て。たまにはセックスを楽しめよ。どの道、人生には限りがあるんだ。

死に急ぐこともない。一発逆転だってあるさ」

川崎は、スパーン、スパーンと尻を跳ね上げ、より深く突き挿した。

「あっ、いやんっ、セックスっていい」

「だろっ」

今度は膣の浅瀬で、クチュクチュと十回ほど擦《こす》りたて、意表を突くように、ドスーンと深く打ち込む。

「うわぁああ。子宮が凹《へこ》む。膣袋が抜けちゃうわ」

「壊していいんだろう」

ゴン攻めだ。棹を斜めにして、鰓で膣の中ほど上方を抉った。

「あぁあ！　だめ、だめ、だめっさ、潮ダムが決壊する」

「しちゃえ！」

川崎は、渾身の力を込めて、ストロークを続けた。汗みずくになった。

「いや、私まだダムを決壊させたことだけはない！」

さすがに藤林にも、潮吹きは見せていないようだ。最後に残しているプライドなのだろう。

「飛ばすと、楽になるぞ」

「それは、恥ずかしすぎるわ」

「俺の顔に飛ばせ。逆顔射だ」

「なんてことを」

涼子が顔を横に振った。

自分の亀頭も、重くなり始めてきた。肉の尖端が開き始めているようだ。

「ふほっ」

少し漏らしながらも、女のウイークポイントを執拗に擦った。睾丸から尖端に向かって、精汁がドクドクと昇り始めた。限界だ。

涼子がいきなり、弓なりになった。

「いやぁ、そこだけ責めないで。あなた、藤林よりめちゃめちゃすぎる」

じゅっ、と川崎の陰毛に飛沫が当たった。鉄砲水のようだ。

「よし、俺もここまで」

サラミソーセージのようになった肉槍を、さっと淫層から抜き出した。同時に涼子の鉄砲水を顔に受けた。びしょ濡れになったが、激しい放水に耐えた。

「くわっ」

負けずに川崎も、精汁を飛ばした。

潮と精がベッドの上でクロスした。剣豪同士の刃《やいば》がぶつかり合ったような感じだった。

「うわっ」

涼子の額、鼻梁、頬に白い粘り液が飛び、すぐに透明になっていく。

「こんなの初めて。私の人生、終わったのかもしれない」

「一回、死んだ人間は強いっていう」

互いに、ずぶ濡れになりながら、にやりと笑った。

4

ねぶた祭が終わった直後、毎朝新聞は独占スクープを掲載した。

【青森ほほえみ信用金庫理事長、強姦致傷容疑で現行犯逮捕】

巨大な見出しの下に理事長藤林健太郎の顔写真と青森市新町一丁目にある信金の本店の写真が掲げられている。

【八月八日午後七時頃、青森市合浦二丁目の公園にて、青森ほほえみ信用金庫の理事長藤林健太郎容疑者（五十八）が酒に酔い二十代女性に暴行。現場に同行していた男性の通報で現行犯逮捕された。

藤林容疑者は夕方から公園近くのスナックで酒に酔い、同席していた男女二名と共に、合浦公園に行き、通りかかった顔見知りの女性に突如暴行を働いた。藤林容疑者は容疑を認めた。

現行犯逮捕とあって青森ほほえみ信用金庫は、緊急理事会を開き藤林容疑者を解任し、小口省吾《おぐちしょうご》専務理事を理事長とすることを発表した。小口新理事長は『あってはならないことが起こった。信用回復のために全力をあげる。同時に藤林前理事長体制下の過剰融資体質を改善し、財務状態の健全化を進める』と語った。

県警はかねてから同信金に対して不正融資（迂回融資）の内偵を進めていたが、実際には同容疑者が横領をした可能性が大きいと見て、こちらも追及するとしている】

川崎はホテルのラウンジでコーヒーを飲みながら、新聞を伏せた。

完全なマッチメイクだった。

その夜、藤林は県庁幹部と待ち合わせるため、公園近くのスナックにいたのだ。

県庁幹部に藤林を呼びだすように唆《そそのか》す役は、風俗誌の社長、三島潤一郎が買って出てくれた。三島に弱みを握られている県庁職員は多いという。

そして藤林にその幹部から一時間遅れるというメールが入る。

同じスナックで先に呑んでいたのはデリヘル嬢の智美とヒモのノボルだった。

もちろん川崎もいた。

最初に観光客を装った川崎が藤林に話しかけ、意気投合したところで、智美とノボルが合流した。

ノボルがショットグラスに日本酒とテキーラを混ぜた酒を作った。

これを一気飲みしたら、徐々に智美の身体を触らせるという趣向を提案した。

歌舞伎町のぼったくりバーでよく使う手だ。

藤林はまんまと乗ってきた。

一杯目では乳房の稜線を触らせ、二杯目ではTシャツの上から揉むことを許し、三杯目で「先っちょ、つんつん」をOKした。あくまでもTシャツとブラの上からだった。

四杯目からギアをあげた。智美が、トイレに入って、こっそりブラを取ってきた。Tシャツから乳首が透けて見えている。藤林のテンションも一気にあがった。

『四杯目からは、Tシャツの上からだったら、濡れた指で触っていいよ』

智美は酔ったふりをしていた。

さらに五杯、六杯と呑ませた。そのたびに藤林はコップの水にたっぷり浸けた指で、左右の乳首を触りまくった。

当然、白いTシャツの下の突起がピンクだとわかるまでに、透けてきた。その間、ヒモのノボルは、テキーラの量をどんどん増やした。

藤林の顔が真っ赤になった頃、県庁の幹部から【行けそうにない】とメールが入った。藤林はさらにリラックスした。

そのメールをきっかけに智美が立ちあがった。ピンクのマイクロミニを穿いている。

『三杯、たてつづけで、パンツ見せるべさっ』

完璧に酔っている女を演じてくれていた。藤林は卑猥な目をしたまま、グラスを呷った。まずはアルコール度数四十度のテキーラで二杯。

さすがに藤林の身体が揺れはじめた。智美はここでスカートをめくった。

『穿いでねえ……よ』

陰毛を見せる。ノボルが智美の尻を思い切り平手打ちにした。

込んだ。

『やりすぎだんべよ』

本当に怒っているようだった。ノボルが度数九十六度のウオッカをグラスに注ぎ込んだ。

『智美っ。店でまんじゅ出したら、まいねべさ』

ノボルが叫ぶ。

『ええべ、ええべ。おなごが、やるって、言うんだがら、ええべさ』

呂律《ろれつ》が回らなくなった藤林がグラスを呷った。

「あぁ〜、しょっぺぇ」

と言って、いきなり智美のスカートの中に手を差し込んだ。ぐちゅっ、と穴に指が入る音がした。

ノボルが藤林を誘った。

『旦那さん、店では、まずい。公園さ、いぐべ。今夜あたりは、ほかにも青姦の連中たくさん、いんべ。この女を俺とあんたでやっているところを見せびらかすべ』

智美がダメ押しをする。

『ヤリてぇなぁ。ノボルの棹舐めながら、このおじさんに、刺されてぇな』

智美がスカートを下ろし、テーブルの角に股間を押しつけた。突起のあたりをぐいぐいと押している。

　ここからは段取り通りだった。プロレスのマッチメイクより、鮮やかだった。

　三誉の松の裏へと到着し、智美は藤林の背広の上下を脱がすと、いきなりつっけんどんな態度を取った。

　ノボルにフェラチオはするが、藤林には触らせようともしない。

『おぉお、話がちがうじゃねぇが』

　そこに涼子がやってきた。

　発情した藤林はしゃにむに涼子に抱きつき、プリーツスカートを捲りあげる。涼子は三誉の松の陰から公園メイン通りへと飛びだした。

　陽はすでに落ちている。発情した藤林は抑制が利《き》かなくなっていた。

　涼子を追いかけて捕まえ、むりやりスカートを捲っていた。涼子は予定通り、パンティを下ろし、片側の太腿に絡める。

　すぐに藤林の亀頭が陰部にあてがわれた。

　ノボルがすでに一一〇番通報をしていた。涼子が現れた時点で、すでにボタンを押していたのだ。

　涼子のスカートが捲られる前に通報していたのを知っているのは、川崎たち四人だけだった。

道端で涼子が絶叫した。国道四号線にまで届くような悲鳴だった。挿入されたようだった。驚いたのは、藤林の方らしい。

『おめっ、なして騒ぐ。ぜんぶバレるど……』

それでも一度入った陰茎は抜くに抜けない。それが男というものだ。小便を途中で切りあげろといっても困難なのと同じことだ。

ほぼ三十秒でパトカーが公園に入ってきた。

川崎はフラッシュを何発も焚《た》いて、警察の到着を涼子に知らせた。

涼子が尻から男根を引き抜き、パトカーに向かって走った。

途中で止められるのが女だ。

股間から蜜汁を垂らしながら逃げる涼子の表情は、亡命するために他国の大使館に入る独裁国家の人民に似ていた。

藤林は勃起したまま手錠をかけられた。強姦致傷の現行犯逮捕。周囲に目撃者が三人もいる。ひとりは新聞記者だった。県警は立件を余儀なくされた。

コーヒーを飲み終えても、涼子から連絡はなかった。いくら連絡しても返事はない。

三日後、涼子の弁護士から連絡があった。

「強姦致傷罪の裁判になりますが、笹川涼子本人が出廷することはありません。個人情報保護の観点から、御社にも氏名の公表を控えていただきたく要請します。またこの先、彼女への連絡はご遠慮いただきたい」

そんな内容であった。了承するしかなかった。

川崎は東京に戻った。

毎スポのデスクで青森での資料整理をしていると、本社社会部のデスクから電話が入った。

「川崎、やったな。信金は、不正融資の一件をすべて藤林に押しつけて、破綻を申請した。第一報を俺らに抜かれたので、経済部も手を引くらしい。おまえ、『マンデー毎朝』へ異動だ。この件の検証記事を書け。不正の内容を暴くんだ。もちろん叩くのは藤林健太郎の悪事だけだぞ。笹川が危なかったことまでは匂わせろ。ただし県庁と県警に関してはノータッチだ。いいな。エリート理事長の痴情と、これまでの遊蕩ぶりにスポットをあてるんだ」

デスクは興奮した口調で言っていた。

翌日、川崎は二年世話になった毎スポの机を整理して、芝浦のビルを出た。

粉雪が舞っている。

師走だった。川崎はふたたび青森市を訪れていた。マンデー毎朝の特集班に異動し、政界スキャンダルの取材に忙殺されて、再訪するのが遅れていたが、どうしても、この年のうちに、涼子にもう一度、会っておきたかった。

新青森駅からタクシーに乗り、真っ直ぐ合浦公園にやってきた。

三誉の松は、すっぽり真っ白に覆われていた。

「雪っていいですね。黒いものも、灰色のものも、すべて、真っ白に隠してくれちゃうんですから」

三誉の松の木下闇に、和服姿の涼子がひとり立っていた。番傘を差している。近づく川崎に会釈を返してくる。その目元は名前の通り涼し気だった。

「そうですね。私は青森生まれですから、雪が好きです。その一年を清めてくれるようで……」

きれいな標準語だった。涼子がすべて仕組んだことだと知ったのは、検証記事を書きはじめてすぐだ。二か月前になる。

川崎は、涼子の援助交際時代の手がかりを探るべく、毎スポの先輩エロ担に、二〇〇八年前後、渋谷に援交目当ての女が群がっていた時代の写真資料の収集を依頼していた。

スポーツ紙にはスポーツ紙ならではの情報網がある。

先輩エロ担は日ごろのネタ元である円山町《まるやまちょう》のエロ専編集部から、当時の記録写真を集めてくれた。

膨大な写真の中から、ついに川崎は１０９の外階段に座り込んでピースサインをしている涼子の笑顔を見つけだした。

驚いたことに、やらせ撮影要員のデリヘル嬢の智美ちゃんと並んで写っていた。

ふたりはそもそも仲間だったわけだ。

「ようするに、俺が青森に入り、あの編集長にやらせ要員を依頼した段階で、逆に的にかけられていたというわけだよなぁ」

川崎は自嘲《じちょう》的に笑った。

「私、ずっとマスコミの方と接触する機会を窺っていたんですよ。それ以外に逃れる手立てはないなって……はい、智美も宝蔵女芸です。彼女は演劇学部でしたけどね。デリヘル嬢になったのも、演技の肥やしにするためですよ。いずれハリウッドに行きたいって。ノボルは、マネジャー希望です」

涼子がビニール傘を差しだしてくれた。

夫の笹川の危機は本当だったのだろう。しかし笹川自体が横領に加担していなかったという証拠はない。

この女は、夫の横領も、自分の過去も一気に消してしまいたかったのだ。

悪いことをした子供が、家や学校ごと燃やしてしまえ、という発想に近い。

涼子にとって、それは藤林だけを社会的に抹殺すればOKなわけだ。

川崎は記者として、その片棒を担がされただけだった。

「やっぱ、スクープなんてめったにあるもんじゃないなぁ。やらせたつもりがやらされて……」

川崎はふと三誉の松を見上げた。三股の幹だ。

涼子は笹川、藤林、そして川崎を……、見事三股にかけたわけだ。

「川崎さん、出世したんでしょう。よかったじゃないですか。お祝いに、そこでお団子でも食べましょうよ」

涼子が華やいだ声をあげ、公園の出口の方を指さした。団子屋が見えた。

「饅頭《まんじゅう》はないんですか」

川崎は聞いた。団子よりも饅頭が食いたい。

「青森では、あんまり饅頭って言わないことですね」

涼子は着物の上から股間を押さえながら歩きだした。

「そうか。そうでしたね……」

川崎は、頭を掻きながら涼子に続いた。この女の饅頭を舐めた記憶が鮮やかによみがえった。

愛と欲望の大女優

1

『マンデー毎朝』の編集部の片隅で、あわただしくパーティションの組み立て作業が始まっていた。

「新しい会議室でも作るのか」

ガラス張りの喫煙ルームからその様子を眺めていた川崎浩二は、同じ芸能班の後輩である能村悦子《のむらえつこ》に聞いた。

悦子は五歳下の三十一歳だが、週刊誌記者としては先輩になる。

即時性を重んじる新聞報道と対象を深掘りする週刊誌報道では、取材手法が異なるので、学ぶこと大だ。

「国交省と大光《だいこう》建設の贈収賄《ぞうしゅうわい》疑惑を担当する特別班が出来るそうです」

悦子は窓のほうを向いたままメンソールの煙草を吸っていた。

二年半前に毎朝新聞の社会部を追われた川崎は、系列の毎朝スポーツのアダルト面担当を経由して、半年前にこのマンデー毎朝に出向になっている。

半年前、毎朝スポーツのアダルト面担当でありながら、信用金庫の不正融資という事件ネタをスクープしたにも拘《かか》わらず、一気に本社復帰とはならなかったのだ。

二年半前、毎朝新聞ビルの編集局内を、全裸で走った事件は、尾を引いているということだ。

「わざわざ部屋を作るということは、本紙との合同取材班の結成ということだな」

川崎は悦子に聞いた。

「合同取材班といっても、私たち週刊誌組は、本社の記者の指揮下に入るだけでしょう。ただ手足に使われるだけですよ。まるで場所貸しじゃないですか」

悦子が口を尖《とが》らせた。アヒル口なのでセクシーに見える。

「資本の論理だ。やむを得ない」

グループの頂点が毎朝新聞である以上、子会社のパレスサイド出版の立場で無意味な抵抗をしたところで始まらない。

パレスサイド出版の社員たちは、それを植民地支配のように受け取っている。悦子も同じだ。気持ちがわからないでもない。

「やって来るのは、川崎さんの同僚とか先輩じゃないんですか」

「さぁ、どうだか……」

煙草を吸い終わった悦子が、舌を出して上下の唇を舐めながら、じっと見つめてきた。フェラチオでもしているかのように目を細めている。

「エロすぎるから、社内でそんな顔するな」

川崎は煙草を灰皿でもみ消しながら言った。

「あれっ、風俗百戦錬磨の川崎さんがエロいと思ってくれるなんて嬉しいですね」

悦子がタイトスカートに包まれたヒップを揺する。

「おまえ、俺に何を求めている」

「風俗嬢のテクニック、伝授してもらえませんかね」

「ちっ」

悦子は川崎が女に倦《うん》じ果てているのを知った上で挑発しているのだ。

面倒臭いので、いつも無視している。

確かに毎スポの風俗担当時代は、日本中の風俗店を渡り歩いた。本来は社員記者ではなく、フリーランサーを使うべきところを、川崎は、出向中のみの楽しみとして、単独取材を何度も試みたのだ。

つまり日本中に精子を撒《ま》き散らかしてきたわけだ。正直、もう一滴も出ないというところでの転属だったので、救われた。

「そろそろ時間だ。聞き込みに行くぞ」

腕時計をのぞきながら、悦子を促した。午後三時を過ぎた。芸能界が動き出す時間だった。

「ですね」

悦子と共にエレベーターホールに向かう。女優の醜聞に関する周辺取材だった。

廊下の向こう側から見覚えのある顔が、こちらに向かってきた。

「おうっ、川崎じゃねぇか」

米田聡史《よねださとし》と出くわした。四期先輩。つまり四十歳。経済部育ちだが昨秋、社会部へ異動になっていた。

「ご無沙汰しております」

川崎は頭を下げた。現職、元職に拘わらず経済部の人間とは可能な限り顔を合わせたくなかった。

「なんだ、おまえマン毎に移っていたのか」

「はい。去年の秋に転属になりました」

「ここでも、エロ担？」

米田は、蔑《さげす》むような口調だ。

「いえ、いまは芸能班におります」

「へぇ～。おまえにはエロ担がうってつけな仕事だと思ったがね」

この男は、川崎が起こした二年半前の失態を皮肉っているのだ。

「はい、エロ担は案外役に立つ現場でした。事件記者は一度エロ担をやるべきです」

これは本音である。

精子はもう出したくないが、エロ担をやったおかげで、全国各地に裏の情報網を張り巡らせることが出来た。淫場《いんば》ほど生々しい情報が転がっている場所はない。

「おいおい、おまえさ、まだ本紙に戻れるとでも思ってんの？」

米田が眦《まなじり》を吊り上げている。押し問答をするのは面倒なので、話題を変えた。

「米田先輩が、今回の合同取材の仕切りで？」

「当たり前だろう。経済部時代は大光建設の担当だよ。俺以外にこの件のキャップが務まる人間はいねぇよ」

いやな奴が、送り込まれてきたものだ。

リニアモーターカーの新駅開発で、大手ゼネコン四社が、それぞれの請負工区を談合して取り決めていた問題が徐々に国交省との癒着《ゆちゃく》事件へと発展していた。

贈収賄事件となれば、一気に政局になる。

これはマスコミとしても大きなヤマだった。

殺人事件などと異なり、汚職事件は次々に新事実が明るみにでるケースが多い。時として警察よりもマスコミの方が、先に真相にたどり着くということもあるので、この手の取材は各紙社会部の腕の見せ所となる。

「なにか、お力になれることがあれば、ご協力します。何なりといいつけてください」

「バカ言うなよ。おまえの手なんか借りたら中沼さんに睨まれちゃうよ」

中沼とは中沼靖男。経済部長だ。

二年半前の社内事件がまだ尾を引いている――ということだ。

――めんどくせぇ。

毎朝新聞は本体だけで、従業員三千人の大企業だ。社内の男女関係において、多少バッティングしてしまうことはままあることではないか。

「そうですよね。以後言動には気を付けます」

「おう、口の利き方には充分気を付けるんだな。さっきみたいに社会部に復帰できるかのような発言は厳に慎むべきだ」

米田は横柄に肩を揺すって、廊下を歩いていった。悦子の瞳が怒りに満ちた。

「なんて感じの悪い人なんでしょうね。それに川崎さんも、あんなに遜《へりくだ》らなくても……」

悦子が、また口を尖らせた。

リップクリームをたっぷり塗られた唇が、光って見えた。亀頭に吸いついたら、さぞかし心地よさそうな濡れた唇だ。

「まぁ、そうカッカするな。社会部というところでは、横柄なくらいじゃないと、生き残れないんだ。かつての俺もそうだった」

川崎は頭を掻きながら、エレベーターに乗りこんだ。

「国交省とゼネコンの一件、さらに拡大しますかね」

「するだろうね。あれだけ大きな工事にそもそも談合も、賄賂《わいろ》もないわけがない。掘れば必ず何か出てくるよ」

ただやるからには、相当な覚悟がいるというだけだ。霞が関の圧力は半端ない。

「元社会部の川崎さんとしては特別取材チームに入りたいと思わないのですか」

「チームプレイと乱交は好きじゃないんだ」

「比較する対象が違い過ぎますよ」

「いや、似ているんだ。乱交は独りよがりの人間が入ったらだめなんだ」

これもエロ担時代に学んだことだ。

「乱交、経験あるんですか？」

「ある」

「何人までですか？」

エレベーターの扉が開いた。

「どうでもいいだろうよ。それより六本木で聞き込みだ」

川崎と悦子が追いかけているのは、女優桃澤淋子《ももざわりんこ》だ。三十八歳の熟《う》れ盛り。現在もっとも視聴率の取れる女優とされている。

女刑事役で『私、やっちゃいますから』の決めゼリフは、流行語にすらなっている。

淋子は十年前に若手政治家と噂になったが、その話題が沈静化して以来、一切浮いた話がない。

だが、最近、韓流ホストと付き合っているという情報がもたらされている。

竹橋《たけばし》に向かって歩きながら、川崎は本社社会部のデスク、田中にメールを入れた。

【女優の件、承知しました。これから仕掛けを開始します】

常に本社と連携を取ることが、子会社の社員の使命だと考える。

2

一週間が過ぎた。木曜日だった。

特別取材部屋から米田の罵声が飛んでいた。

「これだから、マンデーの編集部は使えねぇんだよ。大光建設の樋口《ひぐち》常務の愛人の顔写真ぐらい、とっとと手に入れてこいよ。そいつが前川《まえかわ》審議官との橋渡し役に決まっているだろ」

川崎はその声を背中で聞きながら、デスクで原稿をせっせと打っていた。

日本音楽大賞に関する裏金疑惑についての擁護記事だ。

週刊文潮《ぶんちょう》が一昨年に続いて今年も、一億円がダイナミックプロに渡ったと砲撃していた。

川崎は審査委員のひとりとしてなんとか打ち消す記事を書かねばならなかった。

なにせ毎朝の系列のテレビ局が、日本音楽大賞の放映権を持っている。おかげで他誌のように攻撃は出来ない。

とはいえ、いまどき素人だってダイナミックプロが仕切っていると知っている賞だ。それを『審査会は挙手によって適正に行われた』と書かなければならないのだから辛《つら》い。

書き上げたところで、午後六時になった。

先週の聞き込みの結果、桃澤淋子が隠密裏に出入りしているホストクラブの所在がわかった。

今夜は、その裏取りに行く。

実際に女優がホストクラブに出入りしている証拠写真を押さえることが出来れば大成功だ。

「能村、行くぞ」

悦子も原稿を書いていた。

彼女ひとりに任せている架空検証記事『女の桃色事件簿』だ。実際にあった女絡みの事件を小説仕立てにして読ませる四頁《ページ》企画だ。

将来官能小説家を目指している悦子は、この企画頁を嬉々として書いている。

「はい、すぐ準備します」

黒のタイトスカートに黒のタートルネックセーター、上着も黒の悦子が立ち上がった。ちなみにパンストも黒だ。

「川崎さんが二年半前の社会部時代に何やったか、私、摑みましたよっ」

エレベーターに乗りこむなり、そう切り出してきた。

「ちっ」

川崎は舌打ちし、悦子に背中を向けたまま、自分の車の前まで、足早に進んだ。

いちいち過去の恥部を弁明する気はない。

愛車は地味な国産セダン、マークXだ。

社会部時代から、組関係者と芸能人相手の張り込みには個人名義の車を使うことにしていた。相手が不審な車と気づけばすぐに、弁護士を通じて車輌照会をかけるからだ。

「暗視カメラは持ったか？」

助手席の悦子に確認した。二年半前のことは無視したままだ。

「はい、ここに」

悦子の膝の上にキャラメルの箱ほどの大きさのカメラが載っていた。

「それにしても、川崎さん、夜中に社内でやっちゃうなんて、誰もが憧れちゃうシチュエーションですよね」

悦子の声は、上擦っていた。

「その話はあとだ」

地下の駐車場から車を出して、六本木のテレビ局へ向かった。ライバル東日新聞の系列のテレビ局だ。

三十分後。局の車輌出入り口の手前に停めて張り込む。

木曜日は彼女が主演する人気刑事ドラマシリーズ『失敗しないもの』の収録日だ。

芸能界の情報を得るなどたやすいことだ。

巨大情報産業である新聞社は、その系列の機能《アビリティ》まですべて駆使すると、国家の情報機関に匹敵するほどの調査能力がある。永田町や霞が関が目の仇にするのはそのためだ。

学芸部の記者の言によれば、終了時間はまちまちだが、淋子はだいたい午後九時頃には上がるそうだ。

まだ午後八時だった。刑事同様、記者も張り込みが仕事の大半を占める。ここはじっくり待機だ。

「やったのは、編集局内の応接室ですって？」

唐突に悦子が切り出してきた。

「おまえは刑事か」

「秘書課の黒沢さん、まもなく専務秘書になるらしいですよ」

「そうかい。だからどうした」

当時は平取締役担当の秘書だった。

「合意だったのに、挿し込んだ川崎さんが左遷で、挿し込まれた黒沢さんが栄転っておかしくないですか」

「そういう区別は特にいらない」

吐き捨てるように言った。

「やっぱり、相手は黒沢七海さんだったんですね」

「おいっ」

川崎は、思わず顔を顰《しか》めた。

「私、誘導尋問、成長したでしょう。で、口とか押さえてやったんですか」

悦子の瞳がキラキラと輝いている。

「しょうがねぇ。暇つぶしに、話してやるか」

悦子はとりあえず相棒だ。いつまでも隠しているのも、確かに水臭い。

「じっくり聞きたいです」

「口は押さえてはいなかった。午前四時だし、応接室に入るときには、見渡す限り誰もいなかった」

　七海があれほど大きな声を出すとは思ってもいなかった。が、川崎は、あえてそれは言わなかった。

「やっぱり、壁に手を突かせて、後ろからスカートを捲って、ぐいぐいとかやったんでしょうねぇ」

　悦子が助手席で、タイトスカートの裾を少し摘まんで、軽く腰を揺すってみせる。

「勝手に、構成をつくるな。バックからやりたかったのは事実だが、七海が前を向いていないと落ち着かないと言ったんで、正常位でやったんだよ」

「ほほう」

　悦子が顎に手を当て、夜空にそびえるテレビ東日の局舎を見上げた。

　探偵のような仕草だが、股間が、きゅっ、くちゃ、と鳴っていた。

　頭ではなく、股の間で思索する探偵は新しい。

「ソファはひとり掛けですか？　それとも三人掛けの方ですか？」

　インタビュー風の口調になった。

「三人掛け用に決まっているだろう。対面座位ならひとり掛け用でもいいが、それだと俺が前を向いて、七海が跨《またが》る感じになる」

川崎は仕草を交えて説明した。

どこかで、『俺は何をしゃべっているんだろう』という意識はあった。

「背面座位という線は考えなかったんですか？　その方がおっぱいを揉みやすいという男の人もいます」

「いやぁ、七海とはあの日が初めてだから、あれこれと工夫している余裕はなかった」

背面座位は、さんざん相手のアソコを視覚的に堪能した後に、バリエーションとして、やってみる体位だと、川崎は思う。初めての女とやる場合、何よりもその女のアソコを見たいという衝動が先立つ。

だから、正常位からのまんぐり返しが、王道なのだ。

「正常位で、挿入まではしたと」

悦子が川崎の方を向いた。眼がトロンとしている。

「……した」

「がっつりですか」

蕩けた瞳に頰まで紅く染めているくせに、鋭く切り込んできた。

「あぁ、がっつりだ。照れくせぇな」

川崎も少し顔が紅くなった。職場の後輩女子との雑談にしては、生々しすぎる内容だ。

「子宮まで届きました？」

「届いた。柔らかい子宮が、にゅっと伸びてきて、包まれた感じだ」

「はうぅ」

悦子が顔を歪めた。

——あほかっ。

女の甘い発情臭まで上がってくるではないか。

——この女、寄せまんしてやがる。

耳を澄ますと、くちゅっ、くちゅっといやらしい音が聞こえてきた。

さりげなく、横を向くと、悦子は黒いパンストに隠された太腿の左右をぴったり寄せあわせ、膝頭をもじもじと動かしていた。尿意を我慢している様子に似ていた。

時々呼吸が荒くなる。

通称「寄せまん」。

こうするとクリトリスが左右から潰されて気持ちいいらしい。五歳上の義姉が、教えてくれた。兄の家で、擦っている様子を目撃してしまったからだ。

兄に告げ口はしていない。

「あの、ぶっすり挿した後は、擦ったんですよね」

悦子が、やたら大きな肉擦《にくず》れの音を立てながら、さらに突っ込んできた。なんだか、こいつの擦りネタにされているようで、心外ではあるが、とりあえず続けた。

「そりゃ、擦るに決まっているだろう。女の肉路に挿し込んでじっとしている男はいない。足湯じゃないんだから。ずんちゅ、ずんちゅっ、と動かす」

腰を揺さぶってみせた。しゃべっている自分がアホに思えた。

「はふっ。川崎さんは、当然カチンコチンですよね」

悦子が、じっとこちらの股間を覗き込んでくる。いまは勃っていない。

「そうじゃなきゃ、入らないだろう」

股間を手で隠した。照れくさすぎる。

「黒沢さんのアソコの中、ぐちゃぐちゃでした？」

悦子の鼻息がさらに荒くなった。首筋から汗の匂いがした。暑さで出る汗とは違う卑猥な匂いの汗だ。

「ぐちゃぐちゃで、ぎゅっと締まっていた」

俺は何をしゃべっているんだ。

「黒沢さん、メガネしていますよね。したままですか？」

「そういえばしたままだった。なんとなく女教師っぽくてさ。なんか俺もどんどんそそられちゃって、鰓であっちこっち擦りまくったな」

同じ会社の後輩女子と猥談すると、とても興奮するということがわかった。手を出したらまずいと、わかっているからよけいに昂《たかぶ》るのだ。

恥ずかしながら勃起した。足を組んでさりげなく隠す。

会話で後輩女子を昂らせるのも悪くないものだ。川崎は、先を続けた。

「ブラウスのボタンも全部外してさ、ブラも上にずり上げた」

「黒沢さんのおっぱい大きかったでしょう。はぅうう」

悦子が股間に右手を置いた。ぎゅっと押している。

「乳房だけじゃない。あいつは乳首も大きいんだ。しゃぶりがいがあった」

七海の乳首は、大きいというよりも腫れている感じで、大きめの葡萄《ぶどう》のようだった。

「えっ、川崎さん、挿入しながら黒沢さんの乳首もしゃぶったんですか」

悦子は目を赤くして、黒のビジネススーツの上から左手で片側の乳房を揉みはじめた。ちょっとしたトランス状態に入っているようだ。

「あぁ、乳首をべろべろしながら、ずんちゅ、ずんちゅ、と腰を振った」

少しデフォルメして伝えた。

「あぁあぁあっ」

悦子は泣きそうな顔になった。左手で乳房を揉み込みながら、ピタリと閉じた太腿を激しく擦り合わせる。右手は添えたままだ。

えらい同僚と組まされたものだ。

「うわんっ」

悦子が尻をぶるぶるっ、と痙攣させた。

「はうぅうう」

そのまま長い溜息を漏らして、背もたれに深々と身を沈めた。目を瞑《つむ》り、しばらく息を整えていた。額に浮かべた汗が光っている。

——俺の思い出話で昇天しやがった。なんてやつだ。

ふたたび目を開けたときには、正気を取り戻していた。

「その最中に、中沼さんに踏み込まれちゃったわけですよねぇ」

いきなり現実に引き戻される。

川崎は勃起したままだ。これは、あの夜と全く同じ状況だ。

「そうなんだ。まさか取締役の経済部長が午前四時に現れるとは思ってなかったからな。勃起したまま逃げた。出してないからな……」

いまも肉の尖端に溜まった精汁を、抜きたくて抜きたくてしょうがない気分になっている。

悦子の方は、川崎と黒沢七海が抜き差ししている様子を妄想して、一回昇天してしまったので、やけに冷静だ。

まったく自分勝手な後輩だ。

「川崎さん、黒沢さんに嵌《は》められたんじゃないでしょうか」

悦子がまっすぐ前を向いた。局から数台の車が出ていったが、めざす女優のものではなかった。

「いや。嵌めようと言い出したのは、俺の方だから」

「その具体的な嵌めるじゃなくて……罠って意味です」

悦子が凜《りん》とした声で言った。川崎は欲求不満が高じていて、よく理解できない。

「罠？」

「緊急事態でもないのに、経済部長が朝の四時に出社するっておかしいですよ。社会部長ならわかりますが」

「七海が、うっかりダブルブッキングしたんじゃないかな」

いまにして思えば、そのぐらいはやりそうな女だった。

「その頃、川崎さんは、社会部で何を追いかけていたんですか？」

悦子がじっと川崎の股間を見つめてきた。ズボンの中で、ビクンビクンと尖端が跳ねている。カッコ悪すぎる。

「俺は当時警視庁《サッタン》担当で捜査二課《ソウニ》の土地登記詐欺事件を追いかけていた。不動産登記契約のプロ中のプロである北急《ほっきゅう》不動産が、半グレ集団ごときにコロリとやられた事件だ」

いわゆる地面師詐欺事件である。

港区にあった旧家の邸宅を、北急不動産がマンション建設用地として買収したのだが、あろうことか、所有者になりすました男が直後に転売してしまっていたのだ。真の所有者は、資産運用をコンサルティング会社に任せ、長年海外で暮らしていたため、誰も最近の顔を知らなかった。

まさに盲点を突かれた事件だった。転売に次ぐ転売で、現在は善意の第三者に名義が渡っているため、北急不動産としても、訴訟はしたものの手間取っている。

「それ、結果はどうなったんですか」

「いまだに容疑者は挙がっていない」

「漏れていませんよね」

唐突に悦子が聞いてきた。

「あのときの取材内容がか？」

「いえ、いまの時点での男の汁です」

ズボンを指さされた。

「あのさぁ能村、質問には主語をつけろよ」

と、そのとき、テレビ東日から白のエルグランドが出てきた。

内装に一千万円をかけたという桃澤淋子の専用車だ。

「この話は後回しだ」

「はい」

3

エルグランドが、六本木の裏道で止まった。新しく出来たシュールなデザインのビルの前だ。淋子だけが降りて、ビルの中に消えた。

高級そうな毛皮に身を包んでいる。

六階に会員制ホストクラブ『宝の持ち腐れ』がある。韓流ホストがメインの店だ。

「やはりこの店だったな」

先週キャバクラやホストクラブに、聞き込みをした結果、この店が芸能界と半グレの交差点と呼ばれていることを知った。それだけではない、もっとやばい連中も絡んでいた。

「ホストと一緒に出てきたら撮影しながら、追跡だ。ホテルに入ったらスクープの完成となる」

川崎はビルのやや手前に車を停めて、出待ちをすることにした。

粋な遊び人なら一時間以内に出てくる。

野暮《やぼ》なら三時間以上待たされそうだ。

ビルの全貌や袖看板の店名など、誌面構成用のショットを撮影し終えた悦子がおもむろに話を戻してきた。

「黒沢さん、バックから挿入されるのを嫌がったのは、中沼部長が入ってくるのを予定していたからではないでしょうか」

「またその話かよ」

「待機中はエロ話に限ります」

悦子がやけに断定的に言う。

「エロ話は嫌いじゃないが、なぜ中沼部長の行動が予定されていたとする？」

川崎は片眉を吊り上げた。

「そうすると、背面座位を避けた謎が解けるんです」

「なんだと？」

「彼女、きっと前を向いて、扉が開く瞬間は、中沼部長の方を向いていたかったんですよ。壁に手を突いていたり、背面座位だったりしたら、部長に背を向けていることになりますから」

悦子が嬉々として言う。

「だから、それはなんのために」

川崎には意味不明の推理だ。

「私の読みが当たっていれば、黒沢さんは中沼部長のために、セックスしていたからです」

「なんだと？」

川崎はぞっとした。

「なぜ、部長のために七海が俺とセックスするんだ」

「理由はわかりません。単純に、そういう趣味のふたりだったのかもしれませんが、別な目的だったかもしれません」

と、そのとき桃澤淋子がビルから出てきた。別な目的とは気になるが、とりあえず中断だ。

ビルから男女四人で出てきた。男ふたりはあきらかにホストだ。

「もうひとりの女は誰でしょう？」

カメラを構えた悦子が言った。すでにシャッターは切っている。無音シャッターだ。暗視用なので、フラッシュの光も飛んでいない。

女優と背丈が同じぐらいの女が一緒だった。ベージュのロングコート。年齢は四十を少し越えたぐらい。キャリアウーマンとも水商売ともとれる。川崎は頭を叩いた。何かの記事であの女の顔を見た記憶があった。

しかしすぐには思い出せない。

「わからない。カモフラージュ要員じゃないか」

ホストのひとりが手を上げると、黒のアルファードが四人の前に滑り込むようにやってきた。

テレビ局から出てきた女優の専用車ではない。

すぐにナンバーを視認し、暗記した。

女ふたりが後部席に座り、ホストたちは運転席と助手席に乗りこんだ。

「女同士で移動しているように見せかけているということですね。用心深いです」

悦子が片眉を吊り上げた。

「追尾するぞ。カメラを離すな」

「はい」

川崎はアクセルを踏んだ。アルファードは、鳥居坂下《とりいざかした》を右折し、いったん芝公園《しばこうえん》方面へと出て、さらに右折を繰り返し、東京タワー方面へと戻っていく。

「六本木のど真ん中を走るのはさすがに、躊躇《ためら》ったらしいな」

アルファードは御成門《おなりもん》にある名門ホテルへと入った。数年前にリニューアルしたばかりのホテルだ。

車寄せの前の敷地がとんでもなく広い。もう一軒ホテルが建ちそうなほどの敷地を平面駐車場にしているのは何とも贅沢なことだ。

「どうでもいいことですが、このホテル、私のルーツなんです」

悦子が唐突に言った。

「八〇年代はあのホテルの部屋から東京タワーを見ながらプロポーズしてセックスするのが流行《はや》っていたそうです」

「つまり、おまえの両親も、ここでってことか？」

川崎はアルファードがホテルの車寄せに停車するのを眺めながら聞いた。自分たちの車は後方百メートルの位置に停めた。車寄せの様子は見渡せた。

「はい、私このホテルの一室で、父親から発射されて母親に入ったそうです。一九八六年のことらしいです。だからこのホテル、生まれる前から知っている感じがするんです」

この女、その頃から突っ走る癖があったのだろう。

「その部屋番号はわかるのか」

「父も母も、まだ教えてくれないんです。結婚相手が決まったら教えてくれるって……」

「能村家二代で、その部屋でやれっててか」

「はい、その部屋で、たっぷり浴びせてもらえって」

――どんな親だ？

と言うのをやめて、普通に答えた。

「そりゃ、粋な計らいだな」

悦子は車寄せにカメラのレンズを向けながら頷いた。

「あれぇええぇ」

突然、悦子が素っ頓狂な声を上げた。

「どうした」

「うちの米田さんが来ています。もうひとり、男が一緒です」

「ほう」

川崎はマークXを発進させた。車寄せを舐めるように横切り、その様子を撮影させた。

「撮れたか」

「はい、動画モードで撮りました。いまプレイバックします」

映像は鮮明だった。

アルファードから降りたばかりの桃澤淋子と連れの女に、毎朝新聞の米田が近づいていったのだ。もうひとり男がいる。五十代半ばの男だ。黒のビジネスコートを着ている。おおよそ見当がついた。女優の連れの女が、さりげなく近づいた。

お互い目で挨拶を交わしている。

「この男、何者でしょう？」

「そいつと米田と連れの女のいる写真を静止画にしてくれ」

「あの桃澤淋子は、いいんでしょうか」

「それは単独で撮っておけ。たぶん、ここにもうひとり男がやって来る」

「はぁ？」

「おまえはこのまま、ロビーで張り込め。米田もお前には、すぐに気がつかない」

川崎は手短に悦子にある作戦を説明した。

「その作戦、大胆すぎます」

「頼んだよ。相棒」

悦子を送り出した後、続いて毎スポ芸能部の友人山崎貴之《やまざきたかゆき》に電話を入れた。

「……ということで頼む」

段取りを決めて、車を降りた。おもむろにホテルへと歩を進める。

予想通り、ホストたちはアルファードで引き上げていった。

さぁ、スクープだ。

4

「国交省の前川です」

川崎はそう言って、五〇二号室の扉をノックした。

「こんばんは……あれれ、若いですね」

扉を開けた桃澤淋子は、エキゾチックな目を丸くした。バスローブ姿だった。実物はテレビで見るよりさらにエロい顔だった。

この部屋の番号は、ロビーにいた悦子が彼女の持ったキーを盗み見ていた。

見知らぬ男と女がふたりで、女優の隣の部屋に入っている。

さらにそのひとつ先の部屋に米田がひとりで入ったそうだ。

役者が揃ったということだ。

――ここから先の演出を俺が変えてやる。

「おかげさまで、出世が早いんです。三十六歳で審議官です」

川崎は、でたらめを言った。

今ごろ、本物の前川審議官はロビーで悦子に摑まっているはずだ。五十二歳。つるっ禿《ぱ》げだ。悦子が桃澤淋子の付き人を装って、別の部屋に案内することになってている。

悦子も、やりたければ、やっちゃえばいい。

「永田町方面では、加瀬信三《かせしんぞう》さんは、お元気でしょうか」

淋子がベッドの横に腰を下ろしながら言う。

十年前に噂のあった政治家だ。

加瀬は、現在、リニアモーターカー推進議員連盟の代表幹事を務めている。四十六歳だがいまだに独身を通している。

淋子の少し開いた胸元から微かに石鹸の匂いがする。

「加瀬先生は、霞が関ではあなたに捨てられた後、政治家として一皮むけた、と伝えられています」

かつて政治部から、そんな噂を聞いたことがある。

「あら、やっぱ、みんな知っているんだ。あの人の包茎……」

淋子が特徴的なアーモンド形の眼を、大きく見開いた。美貌の女優が、包茎と言った。川崎は、その場に倒れそうになったが、気を取り直して、言葉を継いだ。

「その一皮ではないです。仕事ぶりが充実してきたということです」

「あらま、いやっだぁ、私ったら」

そう言うと、淋子は頬を紅く染め、照れ隠しに、軽く川崎の腕を叩いてきた。

「桃澤さんと別れたことで、加瀬さんは結婚そのものも諦めたみたいで、仕事一筋人間になったようです」

かつて政治部の連中が、そんな噂もしていたものだ。

「それはよかったわ。私には無理だったのよ。政治家の奥さんになるのはね」

淋子は、屈託のない笑顔を見せながら窓の方を向いた。東京タワーが輝いていた。

「お察しします。ところで、大光建設からの預かり物はあるでしょうか」

川崎はそう切り出した。胸の鼓動が高鳴った。

「そのボストンバッグがそうだって」

淋子がベッドサイドを指さした。中型のボストンバッグが置いてある。

「僕への退職金というわけですね」

敢えて自嘲的に言ってみせる。

「事情は知らないわ。私は預かっただけ。明日、私の車で霞が関まで送るわ」

大女優にウインクされた今度こそ、本当に卒倒しそうになったが、どうにか芝居を続けた。

「大光建設の樋口常務にお伝えください。明朝、すぐに役所に辞表を出し、そのましばらくニューヨークで暮らしますと」

「そう」

「それと、毎朝新聞の米田さんには、うまい記事でフォローしてくださいと伝えてください」

「よくわかんないけど、真由子《まゆこ》さんにそう言っておくわ」

真由子という名前を聞いて川崎の脳裏に閃光が走った。

あの女は松田《まつだ》真由子か。

かつて六本木で高級愛人クラブを経営していた女だ。

「米田さんは彼女を使って、財界人たちを落としているのよ」

「へぇ〜」

「いまは、芸能界と韓流ホストの橋渡し役だけどね」

淋子は自嘲的に笑った。

「ひょっとして、桃澤さんも、韓流好みで？」

「勘弁してよ。私はストレス発散に行くだけよ。ああいう店でスケベな話をさんざんして、あとはうちに帰ってひたすらオナニー。有名になるって、そういうことよ」

淋子は、顔の前に人差し指を突き上げた。中指を絡めている。くにゅくにゅと動かした。超リアルだ。

川崎は息をのんだ。

「女優として一流になる秘訣は、とにかくオナニーよ。スケベな気分のとき、哀しいとき、頭に来たとき、ぜんぶひたすら指で擦って忘れるの……」

これこそ凄《すご》いスクープだ。

書きてぇ。でも書けねぇ。

川崎は生唾を飲んだ。

「ところで、桃澤さんはなんで、こんな損な役回りを引き受けたんですか」

それが川崎の一番聞きたいことだった。

「ふたつあるのよ」

「ふたつ？」

「最近加瀬さんから、また連絡があったのよ。もう一度やり直す気はないかって、でも私、無理だから……それでも彼のために多少は役立ちたかったわけ」

「もうひとつは？」

「女優は人気稼業。十年に一度は、話題作りをしたほうがいいわ。これは自分のため」

「なるほど……わかりました。全員のビジネスが成立したということですね」

「そういうこと」

「僕は、ここのソファで、時間まで待機させていただきます。どうぞ、お休みください」

川崎はエキストラのブランケットを取りに向かった。

「ちょっと待ってよ。前川さん。あなたが早く来すぎたので、私、まだオナニー終わっていないのよ。身体がモヤモヤしてしょうがないわ」

「はい？」

だから、どうしろというのだ。

「オナニーの道具になって」

淋子が、しゃらんと言った。

「なんてこと言うんですか」

――俺は、からかわれているのか？

「ちょうどクリトリスの皮を上げ下げし始めたところに、前川さんが来るんだもの。

中途半端で、中途半端で……」

「いや、そう言われても……」

「いろんな男のことを妄想するから、バックから挿入してちょうだい。コンドームは、ちゃんとしてね」

「そんなもの、持ち歩いていません」

「じゃ、私のあげる」

淋子が、ベッドに歩み寄り、枕の下からコンドームの袋を取り出してきた。

「なんで、持っているんですか？」

川崎はキツネのように眼を吊り上げた。

「ゴムの中に指二本を入れて、挿入すると、なんとなく男の人に挿れられた気分になるじゃん」

お茶目に、そう言われた。

「そういうものですか？」

「そういうものよ。じゃぁ、バックから挿入して」

「マジ、挿入しちゃうんですか？」

「うん、だけどバックでだけよ。正面はＮＧ。だって私、顔をまじまじと見られるのいやだもの。あなた、ほとぼりが冷めたら、必ず言うでしょう。女優の桃澤淋子とエッチしたって」

「そんなこと言いませんよ」

「いや、必ず言うわ」

「そんなことないですよ。官僚は口が堅いことが身上です」

「いいえ。加瀬だって元官僚のくせに、私がオナニーのし過ぎで、マメが大きいって、永田町に広めていたもの」

――へぇ～、マメ大きいんだ。

ちょっと想像した。

「そう言う淋子さんも、加瀬先生のことを、さっき包茎だって、初対面の僕に言ったじゃないですか」

「人間そんなものだって。だからバックで」

淋子が壁に手を突いて、バスローブの裾を捲りあげた。大女優の生ヒップが丸見えになる。量感たっぷりで弾力もありそうな尻山だった。その尻のカーブの底に微かに紅色の亀裂が見える。

短い亀裂は少し開いていて、内側から花が溢れ出ていた。

残念ながら、表側の陰毛の具合は、うかがい知れない。

「ごめんなさい。オナニーの途中だったから、おまんちょもうすごく濡れちゃっているの」

「かまいません。僕も、もうずっと前から勃起していますから」

「でも、オナニー代わりだから、勃起は私の言う通りに動かしてちょうだいね」

大女優だけあってずけずけモノを言う。かまいはしない。めったにないチャンスだ。

『私、やっちゃいますから』の名セリフで有名な桃澤淋子が『おまんちょ』とか『勃起』とか言っているのにも、川崎は、とんでもなく昂奮した。

「わかりました。僕が生バイブになります」

川崎は宣言してズボンとトランクスを一挙に下ろした。サラミソーセージのような色と硬度を持った肉の尖りがドーンと飛び出した。

「お尻を大きく割ってアソコを剥き出しにして、まず全体に擦ってください」

壁に手を突いた淋子が、ヒップを差し出しながら言う。意外と細かい指示だ。

川崎は、淋子の尻山に五指を食い込ませ、左右に大きく広げた。むにゅっ、と粘膜の離れる音がして、亀裂が大きく開いた。

薄紫色の花びらはびしょ濡れで、その狭間に亀頭を押しつけてやる。ぬるっ、ぬるっ、と擦り立てる。

「これでいいですか」

「あっ、いいいっ。でもいつもの私より速い」

淋子からダメ出しを食らった。じわじわと責めるタイプらしい。

「このぐらいですかね」

テンポを緩めた。その代わり圧力を増してやった。

それもカチンコチンに硬直した雁首を少し斜めに倒して、女の狭間全体を抉るように摩擦する。

「あん、すごくいい。やっぱりバイブより温かくていいわぁ」

バイブと生肉茎の最大の違いは、温度だ。

もしもこれを克服するバイブ開発者がいたら、性欲の対象としての男はいらなくなってしまうだろう。

鰓と尖端を交互に駆使しながら擦り立てると、淋子の紅い狭間がどんどん柔らかくなってきた。泥沼化してくる。

ねちゃ、くちゃと、極太のサラミソーセージを擦り立てると、肉同士がどんどん馴染《なじ》みだす。

「はんっ、いいっ」

淋子は壁に突いていた両手を放し、代わりに頭頂部を押し付けた。その体勢のまま右手で乳房を握り、左手は股間に降ろしてきた。

んん？

亀頭の尖端に指先が当たった。淋子が左手の指先で自ら肉芽をいじり始めたようだ。ぐいぐい、捏《こ》ねている。

「あっ、あんっ、あ、あなたは花芯を中心に擦りながら、私のこっちのおっぱいを揉んで。乳首はかなりきつく摘まんでも平気」

矢継ぎ早に指示が飛んでくる。完璧に、川崎はオナニーグッズと化している。

「はい、わかりました」

言われるままに、亀頭で女の肉庭を摩擦しながら、淋子が触っていない、もう一方の乳房を揉みしだいた。

たわわな乳房全体が火照っていた。

ここにきてようやく現実感が湧いてきた。

人気ドラマ『失敗しないもの』の主演女優のおっぱいを触って、股の割れ目に肉棹を擦りつけている。

——たまんねぇ。

淋子の乳首は大きかった。指に触れる感触としては巨峰だった。

しかも硬い。とても硬い巨峰だ。

「あぁあああああ、いいっ。ねぇ乳首を捻って。私がオマメを捻るのと一緒に、乳首も捻って」

淋子にねだられる。

この大女優のオナニーの癖が手に取るようにわかる発言だ。

「じゃ、いきますよ」

川崎は親指と人差し指に挟んだ乳粒を、思い切り捻った。

「あぁあああああああ、いくぅう」

淋子の背中から、一気に獣じみた発情臭が匂った。同時に尻が、ぷるぷるっと痙攣する。昇天したみたいだった。

「……挿入して」

息を切らせながら、そう命じてくる。

「私、連続していくのが好きなの。ここからは、焦らさないで、一気にフィニッシュに持っていってくださらない」

桃澤淋子……これはイメージ通りハードな性癖だ。

「わかりました。その代わり、ひと言だけ言ってくれませんか。あの決めゼリフ」

今度は川崎が懇願した。

「うそぉ、この私に向かって、それを言う？」

「僕にとっては、生涯二度とないセックスになります。ぜひお願いしたい。言い終わったところで、突っ込みます」

「ほんと、突っ込んでくれるのね。それで、ぐちゃぐちゃに擦ってくれるのよね」

顔だけこちらに向けた淋子が、アヒル口で言う。

「腰が抜けるほど、攻め立てます。あのひと言を、言ってくれたら」

「わかった。言うわよ」

「ちょっと待ってください」

川崎は硬直した亀頭を淋子の秘孔の上に突き立てた。腰を送れば、すぐに潜り込めるような状態で、淋子のセリフを待った。

「お願いします」

「私、やっちゃ……あぁあああああああ、ずるい、まだ全部言ってないのよ……うわぁああ、大きいっ」

後半の『……いますから』を聞く前に、雁首が入っていた。我慢できなかったのだ。ずいずいと膣壁を抉り、突入していく。

「いや、桃澤さんが、狭いんです。とても狭いです」

淋子の膣層はとても締まっている。肉棹が圧迫されて、とんでもなく気持ちいい。踏ん張って、少しずつ膣壁を拡張するように突進させていった。

「心が大きい女は、まんちょが狭いのよ。あぁああいいっ」

「では、棹が大きな男は、心が狭いんですかね」

川崎は、挿し込みながら聞いた。

「そうかもね。でも、たいがいの男は狭量だわ。だから、とりあえず、大きくて硬いのを持っている人がいい。んんんっ、モットめちゃめちゃ突いて！　私、もうフィニッシュしたい」

「わかりました」

淋子の求めに応じて、躊躇せずに尻を振りまくった。

「あっ、ふひょっ、うわん。凄い、凄い。私、十年ぶりのセックス」

大女優は激しく首と肩を震わせ、喘ぎ続けた。

「十年ぶり？」

「そう、十年やっていない。だから私、噂がないの。オナニー一筋十年」

「それはどうなんですかね」

「ひとつの生き方よ。オナニー一筋ってことは、仕事一筋ってことよ」

「なるほど。光栄ですよ、その役に選ばれて」

川崎も踏ん張った。挿入した時点で、すでに淫爆しそうなほどに興奮していたが、男の意地で堪えた。

歯を食いしばって、必死に尻を送った。

「ぁあああぁ、久しぶり過ぎて、すぐにいっちゃう」

一分ほどで、大女優の方が先に音を上げてくれた。

「俺も、出るっ」

「ドクドク、出して」

男の面目を、ぎりぎり保ったところで、川崎は放精した。

淋子の背中に抱き着き、尻を痙攣させながら、流し込んだ。

「あぁああ、バイブと違って、ホントに出るっていいわねぇ。温かーい。もう一回やろうよ」

大女優に喜んでもらえるとは、まことに嬉しい。そのままベッドに移動し、今度はちゃんと顔を見せ合った。

「いいですか？」

「うん。いったん、決壊すると女は弱いわね。あなた本当に口が堅そうだから」

「アソコが硬い男は、口も堅いんです」

川崎は全裸になり、正常位や駅弁ファックで、三回続けて、大女優と肉交した。

淋子がドラマや映画では決して見せることのない狂乱を見せた。

くたくたになって、互いに深い眠りに落ちた。

5

朝になった。

いよいよ最後の大芝居が待っている。

淋子と一緒にエレベーターに乗りこむと、そこに悦子と本物の前川審議官が乗り合わせてきた。

前川審議官が、悦子に向かって声を荒らげた。

「桃澤淋子は、ちゃんといるじゃないか。おい、どういうことだ」

「うそぉ～」

淋子が川崎をまじまじと見た。川崎は顔の前で、両手を合わせた。

口を動かすだけで伝える。

〈頼みます〉

ここは賭けだった。心臓が破裂しそうになる。

「わかったわよ。そういうことね」

大女優がにやりと笑う。瞬時に事の次第を理解した日だ。

川崎の耳もとに唇を近付けてきた。囁くように言う。

「あなたを信じて、私、やっちゃうから」

――もう、たまんねぇ。

ドラマの中に入り込んでしまったような気分だ。

低層ホテルだ。エレベーターがあっという間にロビー階へと到着した。

扉が開く。悦子が一歩下がった。

代わって淋子が、本物の前川太郎《たろう》審議官の腕に絡みついた。

まさに早業だった。

「おいっ、よせ。ここはロビーだぞ」

前川が焦っている。やはり、絵をかいていたのは米田だ。前川は辞める気などないのだ。

「よせっ、離れろ」

前川は必死に淋子の腕を振り払おうとしているが、淋子はぴったり身体を寄せて離れない。

その背後で、川崎はボストンバッグのファスナーを開けた。一万円札の束がびっしり詰め込まれていた。

重さからしてたぶん、三千万円。

案《あん》の定《じょう》、ホールでは米田、大光建設の樋口、元愛人クラブの経営者、松田真由子の三人が待っていた。

――大根役者が揃った。

悦子が素早く真由子の手を取った。

「なに？　あなた誰？」

その手を米田の腕に絡みつかせる。

「えっ」

米田も焦っている。

「川崎、なんでおまえがここにいる」

川崎は、それに答えず、樋口の手にボストンバッグを握らせた。

「桃澤さん、どういうことだ。審議官は受け取らなかったのか」

「そういうことです。っていうか、私、中身しらないし」

べったりくっついた淋子と前川審議官を先頭に、その後ろから毎朝新聞の米田と松田真由子が腕を組んで続く。

最後尾に口の開いたボストンバッグを持った樋口が続く形になった。

「せーのっ」

川崎は悦子に顎をしゃくった。

ふたり同時に、飛ぶようにして左右に分かれた。次の瞬間、五人だけが一塊になった。

そこに突如、閃光が走った。

毎スポの山崎が、カメラマンを引きつれて飛び出してくる。フラッシュの光が何発も飛んだ。

「やめろ、おい、何を勝手に撮っているんだ」

先頭の前川がヒステリックに叫ぶ。淋子がその胸に顔を埋めるようにして、ポーズを取った。

「桃澤さん、いつからの関係ですか」

ワイドショーのレポーターも一緒だった。毎朝テレビだ。

「この方は独身ですか」

「いいえ、奥様がいらっしゃいます。一般の方なので、彼への質問は勘弁してください」

さすが大女優。名演技だ。

「バカを言え。私と彼女は何も関係ない」

前川が顔の前で手を振っている。

ワイドショーでありがちなポーズだ。

背後で米田も必死で顔を隠していた。当然、真由子もマスコミの餌食になどなりたくない。しかしすでにしっかりと全員の顔が映りこんでいた。

真由子が踵《きびす》を返して、エレベーターに戻ろうとした。

後ろにいた樋口と激突した。

——計算通りだ。

バッグが飛ぶ。ロビーに札束が飛び散らかった。騒然となった。天井から福沢諭吉が降ってくる。

テレビカメラはその様子も撮影し始めた。

すでに桃澤淋子の専用エルグランドが車寄せに待機していた。

「近々に正式な会見を行います。きちんとお話ししますから」

淋子は屈強なマネジャーふたりに肩を抱えられ、車内に消えた。冷徹に前川のことはその場に残していった。

レポーターと記者が、前川を囲み問い詰めている。

「すみません。お名前は？」

「桃澤さんと、知り合ったのはいつ頃なのですか？」

札束を拾い集めようとする米田や樋口の様子もカメラがしっかり押さえていた。

「このお金は、誰のものですか？　おふたりも桃澤さんのお知り合いですか？」

米田や樋口にも質問が飛んだ。

前川、樋口、米田、松田の四人に、贈収賄の容疑が向けられるのは時間の問題だろう。毎朝新聞が仲介を取っていたとなれば、マスコミ的にも大事件に発展する。

川崎と悦子はこっそり別の扉から出て、駐車場へと回った。

「二時間後にはオンエアになる。本社が圧力をかける間もないだろうな」

「川崎さん、凄い手を打ちますね。もうびっくり」

悦子がホテル正面の喧騒《けんそう》を眺めながら笑っていた。

「やけに爽やかな顔しているじゃないか。おまえあの前川とやっただろう」

「やっていません。川崎さんこそ、桃澤淋子とやったでしょう」

「天下の大女優がやらしてくれるわけねぇだろう」

快晴の空に東京タワーが映えていた。

翌週、川崎はマンデー毎朝を見て笑った。

国交省贈収賄疑惑の追及は一切なされていなかった。

自社の記者が絡んでいる可能性があり、毎朝としては沈黙を守らねばならない立場になったわけだ。

笑ったのは連載の『女の桃色事件簿』だ。産業スパイとして送り込まれた娼婦が、ターゲットを嵌めるまでの話。

舞台は新聞社ではなく大手建設会社に置き換えられていたが、嵌められた男の名前は川崎とされていた。

嵌めた女が七海だ。胴元の愛人クラブの社長は苗字だけ変え本田《ほんだ》真由子。悦子の書いたフィクションだった。

　川崎が苦笑しながらその記事を読んでいるときにスマホがバイブした。本紙社会部のデスク田中からだった。

「いま、マンデーを読んでいて笑っちまった」

「いや、ひどい後輩がおりまして」

「これで、社内スパイの米田を追い出すことが出来た。来月から本紙に戻ってこい。桃澤淋子も高級官僚と話題作りが出来てよかったと言っている」

「ありがとうございます。しかし、なぜ桃澤淋子はあそこまで協力してくれたんでしょうか」

　田中が一呼吸おいて答えた。

「おまえもまだ半人前だな。彼女はいまでも加瀬信三と付き合っているんだ。加瀬は児島《こじま》建設の片棒を担いでいて、ここで大光建設とそれに加担する一派を一掃しておきたかったのさ。彼女はそのために、一肌脱いだ。おまえのことも記者だと知っていたはずだ」

　脳が痺《しび》れた。

「今後この件の贈収賄疑惑の取材はどうなりますか」

「これで幕引きに決まっているだろう。検察も贈賄収賄双方にひとりずつ生贄《いけにえ》があれば納得する」

田中が永田町と霞が関の指示で動いたのは明白だ。

――俺はその実行部隊になったわけだ。

田中の説明で、ひとつだけ腑《ふ》に落ちないことがあった。

「桃澤淋子は賄賂官僚と噂になって、イメージダウンにならないのでしょうか」

いくら加瀬信三のためでも、汚れ役過ぎないだろうか？

「ほんと、おまえ何も知らないな。夏に封切られる彼女主演の映画は『賄賂の女』というタイトルだ。初の汚れ役なんだよ。日宝《にっぽう》映画の宣伝部も桃澤の所属事務所も承知の上だ」

田中が大きな声で笑っているのが聞こえてきた。

みんな最低野郎たちだ。

「そんなわけで、川崎、おまえ四月一日付で、本紙に戻ってこい」

「承知しました」

電話を切った。

またまた引っ越しだ。川崎は、最下段の抽斗《ひきだし》の奥底にしまってあった紙袋を取り出した。毎朝スポーツにいた頃、青森の風俗誌の編集長から、話を聞くために高額で買ったバイブが入っている。

桃澤淋子に贈ることにした。俺の想い出に使って欲しい。

隣席で、能村悦子がパソコンを覗き込んでいた。何か検索している様子だ。

「秘書課の黒沢七海さん、かなりエグイ女のようですね」

いきなりそう言いだした。

「お前、何を探っているんだ？」

川崎は桃澤淋子の所属事務所の住所を書き留めながら聞いた。

「私、どうしてもこの女、気になるんです。ちょっと、調べてもいいですかね」

能村は続いて、青森の地図をアップしていた。

「七海と青森に何か関係があるのか？」

「いや、そうじゃないんですけどね。大学時代の交友関係をちょっと、黒沢七海さん宝蔵女子芸大の演劇学部出身なんですよね……あっ、これ『女の桃色事件簿』の企画案ですから」

「宝蔵女子芸大」

記憶にある大学名だ。

能村が画面を消して、喫煙ルームへと立っていった。短い間だが相棒だった。彼女にだけは、転属の件を早めに告げておかねばなるまい。

とりあえず川崎も、喫煙ルームに向かった。

暴露の報酬

1

ステージで女が『虹色の湖』を歌っていた。

白のロングドレスが肌に密着しすぎて、ボディラインがくっきりと浮かんでみえた。専属歌手の前原亜希子《まえはらあきこ》だ。三十六歳。ステージ歌手としては薹《とう》が立ち始めていたが、女としては熟れ頃である。

「相変わらずのエロボディだ」

川崎浩二は、ステージを見上げながらハイボールを一気に呷った。

いまどきビッグバンドをステージにのせている店《ハコ》も珍しい。

「亜希ちゃん今夜は歌に艶《つや》が出ているわ。浩ちゃんが来たからよ」

横に座ったホステスの加代《かよ》が、せっせと殻《から》付きピーナツの殻を剝《む》きながら言う。

この人、先週の金曜日に勤続三十年で店から表彰状を貰ったそうだ。

大学生だった川崎がこの店でバイトしていた頃には、すでにナンバーワンホステスだったが、いまもその美貌は一向に衰えていない。

むしろ磨《みが》きがかかった感じだ。

ここは、蒲田《かまた》駅前のグランドキャバレー『ゴールデンエンパイア』。ずいぶんと時代がかった店名だが、それもそのはずオープンしたのは昭和三十八年。五十五年の歴史を誇る、いわば昭和の遺構のようなキャバレーだ。

川崎は二十歳の頃、このハコでドラムを叩かせてもらっていた。

もちろん代役《トラ》だ。

入りの悪い月曜だけステージに上がらせてもらっていた。十七年前のことだ。ハコとかトラとかも、いまはすっかり使わなくなったバンドマンの隠語だ。

十七年ぶりに訪れたが、内装は当時のままだった。

壁際に半円形のステージがあり、その手前がダンスエリア。

そこを取り囲むように階段状に客席が並べられている。大学の階段教室のような造りだ。

二階もホールを縁取るような円形の客席になっていた。

吹き抜けの天井には、いまだに豪華絢爛《ごうかけんらん》たるシャンデリアが輝いているではないか。

小林旭《こばやしあきら》と宍戸錠《ししどじょう》が突如出現し、ギャングと撃ち合いをおっぱじめてもおかしくない雰囲気《ふんいき》だ。

亜希子が間奏でバンドの方を向き、ギタリストに何か耳うちをしている。曲順の変更だろう。

客席に背を向けたので、ドレスの生地を押し上げた尻山がはっきり見えた。尻の割れ筋まで丸見えだ。いったいどんなパンツを穿いている？

「あのドレス反則じゃないですか？　なまじの真っ裸よりも猥褻に見える」

十七年ぶりに直接見る亜希子の尻に思わず発情した。

「私なんかも、バタフライ一枚で踊ったものだけどねぇ」

加代が川崎のグラスを引き寄せながら目を細めた。誰にでも美しい思い出はあるものだ。

「もうこの店、フレンチカンカンとかラインダンスは、やってないんですか」

新しいハイボールを受け取り、なにげなく聞いた。

「やっているわよ。今夜もラストはマンボよ」

「そうですか。マンボはエッチだ」

心躍るものがあった。亜希子とやったのもレビューの最中だった。

「私は、もう踊っていないけどね」

加代が声を尖らせた。ホールを動き回る老店長に厳しい視線を向ける。

「それは残念です」

世代交代はどの世界でも進む。だが加代を見る限り、まだまだダンサーとしても通用するように思えた。

ステージの亜希子が前を向いた。

スポットライトを浴びると、さらに白いドレスが透《す》けて見えた。股間のYラインがくっきりだ。川崎の発情のスイッチはさらに上がった。

ハイボールを飲み、気を鎮《しず》める。

亜希子に会いに来た目的は、口説くためではない。

一九六七年の名曲『虹色の湖』が終了した。昭和歌謡はいい。

「それでは、このステージのラストナンバーとなります。どうぞ今宵《こよい》も『メリー・ジェーン』をたっぷりお楽しみください」

客席から歓声が上がり、ステージの下方にある四個の穴から、もくもくとスモークが出てきた。懐かしすぎる。これもあの頃と変わっていない。

あっという間に雲海《うんかい》が出来上がる。あちこちのテーブルからホステスに手を引かれた客がその雲海へと踏み込んでいく。

ホステスは外国人が増えていた。それも南米系が多い。加代がラインダンスから外された理由が微かに理解できた。体型が違い過ぎるのだ。

「踊る？」

加代に聞かれた。背筋を伸ばしている。なんとも妖艶である。

「いや、照れくさいですよ」

「勤続三十年だけど、私、十八でここに就職したからね」

まだ五十前だと言いたいらしい。

「なおさら照れくさいですよ。加代姉さんとチークダンスなんて」

バイトとはいえ、もともとはこのキャバレーで働いていたのだ。当時のナンバーワンホステスと抱き合って踊るのは、こっ恥《ぱ》ずかしすぎる。

「亜希ちゃん、今夜パンツ穿いていないのよ。知ってる？」

加代がステージに向かって顎をしゃくった。

「普通、知らないでしょ」

「私、更衣室一緒だから」

と加代が片目を瞑《つむ》る。

だから？　という顔をしつつも川崎はステージの亜希子を見やった。

よく見ればロングドレスのスリットがギリギリのラインまで切れ上がっている。

「ちょうど脇から覗けるポイントがあるのよ。踊りながら案内してあげる。見上げるとたぶん、アソコの筋も見えるよ」

加代の眼が、遣り手婆のように光った。

「踊りましょう」

川崎は、すっと立ち上がった。

往年のナンバーワンホステスは黒いロングドレスを着ている。身体を密着させて踊った。恥骨をぶつけてくる。川崎は半勃《はんだ》ち状態になり恥ずかしさから腰を引いたが、加代はかまわずぐいぐいと押し付けてくる。

ステージの亜希子のバストと尻を交互に眺めて、自分も半勃起を擦りつけた。

「あっち。彼女の立ち位置より下手側《しもてがわ》よ」

恥骨で方向を教えられた。

『メリー・ジェーン』のメロディに乗りつつ、ステージの前へと進む。

亜希子の脚がこころなしか開き気味に見える。

視線が勝手にスリットの隙間にズームインした。完全に勃起してしまった。

「若いね」

加代にからかわれた。

実は川崎は腐っていた。三年ぶりに本社に呼び戻されたものの配属は社会部ではなく学芸部だったのだ。

三年前に系列の毎朝スポーツに飛ばされて、風俗取材ばかりを追っていたところ昨年『マンデー毎朝』に転属になった。

そこで思わぬ手柄を立てたので、ようやく社会部のデスクである田中が本社に戻るための画策をしてくれたのだ。

そして今年の四月、満を持して北《きた》の丸《まる》にある毎朝新聞本社に復帰を果たしたのだ。

ところがだ。

「すぐに社会部の警察《サツ》担当《タン》に戻すのは不可能だ。二年ぐらい学芸部で遊んでくれ。なぁに本社に戻ってしまえばいくらでも連携は出来るさ」

と言われてしまったのだ。

ところが、戻ってみると連携するどころか、社会部の連中とはほとんど顔をあわせることもないのが実情だった。

そもそも学芸部の持つ紙面はだいたいが夕刊か日曜版である。社会部とは勤務時間自体が異なるので、それも当然だった。

学芸部にも分野ごとの担当があった。

川崎は音楽担当《オンタン》となった。芸能界のど真ん中である。

そしてそのドツボのような仕事が待っていた。

日本音楽大賞の審査委員長を務めることになったのだ。

三十七歳ではじめて学芸部に配属になり、いきなり日本音楽大賞の審査委員長だ。平の審査委員ではない。審査委員長だ。

――まいったタヌキのキンタマだ。

この言葉に意味はない。気分を表しただけだ。

歴史ある日本音楽大賞の審査委員長を拝命した理由は簡単だ。毎朝の系列であるMCBテレビが放映権を持っているためだ。

そのため、十三年前から毎朝の音楽担当が審査委員長を務めるというのが慣例になっている。それだけの理由だ。

それ以前は、大物芸能評論家が順繰りに委員長を独占してきていた。

審査委員も大半が評論家で占められていた。

新聞記者は一般紙、スポーツ紙を合わせても少数派であったのだ。八〇年代までは六十人もの審査委員がいたのである。

さまざまな利権が絡み合うことから、昭和四〇年代より黒い噂が絶えなかった。

いわゆる裏金工作である。

ある事件をきっかけに審査委員会は新聞記者中心の構成に改められたのだ。

きっかけは十四年前に当時の審査委員長が怪死する事件が起こったことによる。二〇〇三年十二月中旬のことだ。

当時審査委員長を務めていた音楽評論家が、ホテルのディナーショーから帰った後に行方不明になった。

そして翌朝五時に横浜《よこはま》の自宅が火災を起こし焼死体となって発見される。くだんの評論家は「買収の実態を暴露する」と周囲に吹聴《ふいちょう》していたそうだ。

遺体は三日も経ってから庭で発見された。にもかかわらず警察は事故死と発表した。司法解剖の結果、音楽評論家は煙を吸っていないと結論づけられているのに、だ。

それ以上マスコミも報道していない。その年の『日本音楽大賞』は何事もなかったように開催され、放送もされた。

翌年、事態を重く見たＭＣＢは、番組を中継する立場から審査委員構成の改革を求めたのだ。

この頃がもっとも視聴率が低迷していた時期だったので、主催する日本流行歌連盟と強気で交渉が出来たのだ。

それで新聞社という組織に帰属する記者が大勢を占める形となった。ようするに見栄《みば》えをよくしたのである。

ＭＣＢの親会社である毎朝から審査委員長を出すことによって、目を光らせることになった。

しかも毎朝学芸部は大手芸能プロや特定のレコード会社との癒着を防ぐために、この担当を二年程度で代えるという手法を取っている。

それで、配属一年目の川崎にもお鉢が回ってきたわけだ。とはいえ新聞記者が投票権を握っても、状況はさして変わっていなかった。二年単位で担当者を代えるのは毎朝だけである。

そして審査委員長といえども、票は一票しか持っていない。その権力を揮《ふる》えるのは、決選投票に持ち込まれた場合のみである。

だが決選投票《ドン》に持ち込まれた年は一度もない。新聞記者も、かつての評論家同様、芸能界の首領に取り込まれてしまっているのだ。

芸能界の首領――ダイナミックプロの成田龍之《なりたたつゆき》。通称成龍《なりたつ》。Ｄ系列と呼ばれる衛星プロ三十社を仕切る実力者だ。

スポーツ紙も一般紙も、逆らえば売れっ子の取材を拒否され、記者会見の呼び込み連絡すらなくなる。

しかも特ダネはすべて他紙に先にリークされるのだ。

審査委員を送り出す新聞社もダイナミックプロへの忖度《そんたく》なしには、紙面が作れないというのが実情である。

その立場はテレビ局であるMCBも同じである。

九〇年代後半から二〇〇〇年代頃まで、日本音楽大賞は視聴率が十パーセント程度まで下がり、いっときは打ち切りが検討されたものの、二〇〇六年、放映日を大《おお》晦日《みそか》から三十日に一日前倒しすると、視聴率は奇跡的に回復した。

ここ数年は十五パーセントをキープしている。

MCBとしては、強気でものを言えなくなった。

日本流行歌連盟をしきっているのは、事実上、成田であるからだ。

賞や審査のあり方に意見すれば、他局に放映権を切り替えると恫喝されるのは目に見えていた。

ふたたび裏金が蔓延《まんえん》する状況に逆戻りしてしまったのだ。

改革は約十年で旧《もと》の木阿弥《もくあみ》となった。

川崎も、委員長就任と同時に数人のプロダクション経営者から圧力を受けることになった。

『審査委員会の司会だけ頼みますよ。無記名投票なんてシステムを導入したら、すぐに放映権について再考しますからね。いままで通り挙手でお願いします。ええ、川崎さんが誰に手を挙げたかなんて、閉会と同時に我々の耳に入りますから』

川崎は、笑顔で頷くしかなかった。

夏が終わった頃には、すでにお触れが回ってきた。今年は『ＨＨＨ《オールエッチ》ジェット』で決まりだという。

Ｈをエッチと読ませているところがあざとい。男女混合ユニットだが踊りの振りが実にエロい。

ＨＨＨジェットは、昨年も大賞を受賞している。

現時点で流れている二年連続受賞説はあくまでも噂である。

最終投票は当日ということになるが、おそらく審査委員の八十パーセントはそこに投票するだろう。

残り二十パーセントは飾り物の文化人審査委員である。

審査委員には大学の教授や経済評論家などが四人ほど入っていた。

彼らだけは自由に投票する。

自由に投票しても何ら影響のない人数しか配分されていないから、まったく問題ないのだ。

審査委員は二十一名である。委員長の川崎と文化人を除く十六名は、新聞記者とMCBの系列地方局のプロデューサーなのである。

HHHジェットの所属事務所がすでに一億円のプロモート協力金をダイナミックプロに支払ったという情報が常連審査委員たちの間で流れていた。

もちろん川崎の耳にも入っている。

あえて情報を流し、その方向へ加速させるというのが、ダイナミックプロの戦略なのだ。伝わらないのは門外漢の文化人審査委員だけだ。

——面白くねぇ。

川崎はもともと事件記者だ。逆に血が騒いだ。面従腹背《めんじゅうふくはい》でいくことにした。

ひと騒ぎ起こしてやりたくなったわけだ。

「ねぇ、さりげなく上を向いてみなさいよ」

耳もとで加代の声がした。頬がぴったりくっついている。

川崎は顎が上がらないように細心の注意を払い、視線だけ上に向けた。

「！」

見えた。スリットの脇から太腿の付け根がはっきり見える。亜希子は穿いていない。

サビの部分を声を張り上げて歌っていた。爪先《つまさき》に力が入ったようで、股間の位置が少し高くなる。よけいに見えた。薄桃色の肉筋だ。

「ねぇ、毛がないでしょ」

加代が言う。恥骨をピッタリくっつけてくる。バストも川崎の胸板に押し付けている。弾力を感じた。

淫毛の有無が知りたくて、思わず顎を上げた。あからさまだ。亜希子が待っていましたとばかり太腿を開いた。『メリー・ジェーン』はラストの踏ん張りどころへと突入している。

「ねぇ、濡れているのわかる？」

「いや、そこまでは」

「たぶん、ぐちょぐちょになっているよ。楽しみにしていたんだもの浩ちゃんが来るの」

「いやいや」

「照れてもだめよ。浩ちゃんもバキバキになっているんだから」

完全に勃起していた。スモークが充満してきた。肩のあたりまで上ってくる。

「おぉお」

加代に、股間を撫でられた。

「ねぇ、亜希ちゃんと、どこでやるのよ？」

「いや、やらないですから」

「やらないで聞き出すなんて無理だわ。昔みたいにバンドが帰ったあとの楽屋？」

「そんなことしませんよ」

ズボンの上からぎゅうぎゅうと茎を撫でられた。

「いいっ。十七年ぶりの挿し込みいいわぁ」

亜希子が壁に手を突いて喘ぎ声を上げた。ドレスの裾は背中まで捲れ上がっている。

「やっぱり、私、浩ちゃんじゃないとだめみたい」

尻をゆるく動かしながら言う。眼下に出没運動をする己の陰茎を見る。いちおう赤銅色だ。

ステージからは、マンボのBGMが聴こえてきていた。ペレス・プラード楽団の『マンボNo.5』だ。途中で『うっ』っとペレスの唸り声が入ることで有名なナンバーだ。

「おまえ、いいのかよ。加代さんたちが扉の隙間から覗いているんだぞ」

「十七年前もそうだったんだからいいのよ。おかげで私も根性がついたんだから」

「マジかよ。あれ見られていたんだ」

そう言うと声が切れ切れになった。腰を動かしながらのトークだった。

「二回目までは、知らなかったけど、それからはわかったわ。おかげで芸能界に進んでも、乱交に抵抗がなくなった。ぁあん」

蜜壺が、きゅっと窄《つぼ》まった。十七年前と変わらぬ圧力だ。

「Dプロの社長室に忍び込めないか？」

亜希子は、十八の頃にこの店で歌っていたが、その後レコード歌手になった。短い期間だったがそれでも新人の一年目にはテレビによく出た。何と着物を着て演歌を歌っていたのだ。

直接、亜希子に会うのは十七年ぶりだが、十年前ぐらいまではよくテレビで見ていた。

画面で見て、発情したのを覚えている。

歌う唇を見つめながら、亜希子に舐めてもらったのを思い出し、眉間に皺を寄せてコブシを回すアップを見ては、絶頂した時の顔を思い出したものだ。

歌を歌う姿と、セックスをしている時の女の顔は似ていると思う。

亜希子の所属はダイナミックプロだ。

「いったい何をして欲しいの？」

「隠し撮りして欲しい書類がある」

「賄賂リストでしょっ」

「さすが、だな」

「新聞記者になって、のこのこ私に会いに来たんだからそれしかないでしょう」

「お礼はするさ。希望を言ってくれ」

「うーん。考えておく。とりあえずまた、バックでドラム叩いて欲しいな」

「おやすい御用だ」

「その前に、子宮を叩いて」

「わかった。バックでやってやる」

ハイピッチで男根を打ち込んだ。

マンボのリズムは、セックスにマッチする。

ババババッ、オウッ、アーンだ。

加代のほかに数人のベテランホステスたちが、扉を薄くあけて覗いているのを知っているからよけいに張り切った。ちょっとした男優気分だ。

久しぶりだったせいもあって、たっぷり放出した。

2

一週間後の夜、川崎は亜希子と共に六本木に出た。自分の車に亜希子を乗せていった。くたびれたマークXだ。もう八年も乗っている。

ダイナミックプロは欅坂《けやきざか》の裏手にあった。芸能界の最大権力者の事務所にしては、古くて小さなビルだった。

「芸能プロのビルは、地味な方がいいというのが社長の哲学なの。目立つのはタレントで、自分たちは黒子《くろこ》だからってね」

亜希子は豹柄《ひょうがら》のコートを着ていた。豹よりも似合っていた。

「まともなことを言うじゃないか」

「名声はタレントに、富は裏方に。というのも座右《ざゆう》の銘《めい》よ」

そうやって長期の隷属的な契約で、タレントを縛っているのだろう。

衛星プロとの関係も同じだ。売れそうなモデルなりミュージシャンを発掘した若者に運転資金を貸与し自分の事務所を作らせる。

その上で地上波テレビのブッキングはダイナマイトが代行し、条件として興行権を取る。

あとは生かさず殺さずだ。

彼らの所属タレントが売れればほぼ永遠にダイナミックプロの支配下プロとして扱う。

売れなければ、貸与した金の返還を求める。

返すためには裏の仕事も紹介する。ＡＶプロや枕タレント専用の事務所の運営だ。

「じゃぁ、行ってくる」

亜希子が助手席の扉を開けて、飛び出していった。十二月初旬の寒風が車内に吹き込んでくる。女衒《ぜげん》になった気分だ。

亜希子の情報では、成田社長は、女と外で会いたがらない。タレント以上に自分がマスコミに狙われていることをよく知っているからだ。

その代わり人払いした自分の事務所の応接室で数多《あまた》の女とやっている。

ただし自社の売れっ子には手を出さない。もっぱら枕要員か亜希子のように引退した元歌手やタレントだということだ。

成田は、これを引退後のフォローと呼んでいる。対価を支払っているという意味だ。

亜希子はDプロを辞めて十年、一切連絡を取っていなかったという。今回はじめて『お願い』したところ、成田はすぐにOKしてくれたのだそうだ。

きっかり一時間で、亜希子が戻ってきた。

額《ひたい》にまだ汗が浮かんでいた。コートの下から甘い性臭が漂ってくる。気分が滅《め》入《い》る。

「これ。転送するね」

亜希子が、スマホの画像を見せてくれた。

エクセルの表が写っている。衛星プロからの裏入金リストのようだ。社名がイニシアルになっているが、想像しやすかった。

「でかいのがひとつあるな。一億円」

もう一枚。

　会社のイニシアルはS。HHHジェットの所属事務所スワットエンタテインメントの略であろう。

　同じような表だが、これは出金リストだ。相手はやはりイニシアルだが、今度は顔が浮かんだ。審査委員の中で十人ほど釣られている人間がいた。

　これは逆リーチの小道具になる。川崎は審査委員の切り崩しを考えていた。

「最後にもうひとつ凄い画像を転送してあげる」

　亜希子が次の画面をタップした。

「これは！」

「スワットの社長、沢村雄一（さわむらゆういち）」

　フェラチオされている写真だった。女は外国人。

「こんな写真を撮られていたら、永遠にDプロの支配下から抜けられないわな」

「そういうことよ。HHHジェットが今年も大賞を取る見返りに一億円支払わされているわ。元々Dプロが興行収入の三十パーセントをピンハネする仕組みなんだから、受賞に動いてあたりまえなのにね。さらに一億とるんだわ」

「よく、ここまで探せたな」

少しうまくいきすぎているので川崎は亜希子の横顔を凝視した。世の中にはどんでん返しがつきものだ。

「男の人って、果てると必ずトイレに行くのね。その間に書棚を開けたら、やっぱりあった。昔から変わっていないのよ。隠し場所」

とりあえず信用することにした。

「いやな仕事をさせてしまったな。レコード会社でも紹介しようか？　俺、いまは学芸部だ。多少は顔が利く」

「平気。ハコバン歌手が性にあっているのよ。毎晩、生のステージに上がって、お客さんが喜ぶ歌を歌う。それも歌い手の道よ」

説得力のある言葉だった。

「上書きセックスして」

「成龍の弟かよ？」

「違うでしょ。浩ちゃんと私は、十七年前からやっていたんだから、成田社長が弟でしょう」

「そういうことか」

川崎は、そのままマークXで渋谷のラブホに向かった。

3

深夜二時。

マンデー毎朝の能村悦子は六本木から西麻布へとやってきていた。真冬の張り込みはやはりしんどい。

しかも今回は自分の仕事とはまるで関係ない。

半年前に本紙に戻った川崎から個人的に張り込みと直撃取材を依頼されたのだ。暮れのくそ忙しい時期に、よけいな仕事などしたくはなかったが、提示されたバイト料に目がくらみ、ついつい引き受けてしまった。

張り込みターゲットはスワットエンタテインメントの社長、沢村雄一。四十五歳。腹が出て、頭髪がうすくなった男だ。

沢村は六本木のキャバクラを二軒はしごした後に、後の店の女をふたり連れて西麻布に移動した。

悦子の目論見《もくろみ》としては二軒目のキャバクラに入るところを捕まえて、直撃インタビューという名の取引に臨むつもりだったのだが、何のことはない、店の前で、黒服に呼び止められてしまったのだ。

スカウトだった。

これは、かなり嬉しかった。女三十二歳。キャバの黒服にスカウトされるとは、光栄だ。失っていた何かを取り返した気分になる。

そんなこんなで、まんまと沢村に入店されてしまい。結果、二時間外で待つことになってしまった。

ようやく出てきたと思ったら、今度は店に横付けされていたタクシーに女たちと一緒にとっとと乗り込んでしまったわけだ。

あわてて自分もタクシーを拾って尾行《びこう》した。

連れのふたりの女たちは、どちらも超ハイカットのショーパンを穿いていた。お尻のアンダーカーブが丸見えだ。

沢村はふたりの女の尻を撫でながら、高級感を売り物にしているカラオケボックス店に入っていく。

直感でこれは3Pになると思った。さらに追い込む材料を得ることになりそうだ。

悦子はひとりで入店した。

用意してきた偽名刺を見せる。ライター松倉《まつくら》リサ。マンデー毎朝のナイトスポットページを担当している子の名刺だ。本人の許可は取ってある。

店長がネットで確認した。リサがツイッターに「これから西麻布のカラオケ店へアポなし取材申し込みへ。果たして店長さんはＯＫしてくれるか？　それにしてもマン毎の編集者は人遣いが荒い」と書き込んでいた。

おかげで、すぐに通してもらえた。

高級店だけあって部屋数は少ない。沢村と同じ階に通してもらえた。ベッドにもなるような大きさのソファが置いてある。ようするに「何発でもやってください」という部屋だ。

オナニーでもするか？

いやいや、そうではなく、沢村の部屋を窺いに行かなければならなかった。部屋を出て廊下を進む。

部屋はすぐにわかった。扉にはガラス窓がついている。建前上らしい。従業員は呼ばれない限り、上がってこないシステムなのだ。姿勢を低くしながら、さりげなく覗く。

やっぱりやっていた。

沢村はソファベッドの上で、ひとりの女と対面座位でやり、もうひとりの女をソファの上に立たせ、股間を舐めていた。

スマホを動画モードにして掲げた。一瞬でも撮れればそれでよかった。

動画を川崎に送信する。すぐに返信があった。

【やっている最中は踏み込むな。事故になることがある。射精してしばらくすると、男は必ずトイレに行く。そこで話を持ち掛けろ】

しょうがないので、自分の部屋に一度戻った。トイレに行くには、沢村は必ず自分の部屋の前を通る。

それまで、待機だ。

悦子はオナニーをした。他人のセックスを目撃して発情してしまったこともあるが、他にすることもなかった。暇なときはオナニーに限る。夢中になれる。パンツを脱いではいざというときに間に合わないので、タイトスカートをまくって、パンストの上から擦った。けっこうパンツの中が、ぐちゅぐちゅになってしまった。二回昇天してもまだ飽きなかった。

もう一回擦る。

三回目のてっぺんが、ちょうど見えてきたところで、ガラス窓の向こうを通る沢村の頭が見えた。

急いで股間から手を離し、スカートの裾を降ろして飛び起きた。

男性トイレの前で待つ。しばらくして沢村がハンカチで手を拭《ふ》きながら出てきた。

「『週刊新春《しんしゅん》』の平岡美穂《ひらおかみほ》と申します。見ていただきたい画像が」

偽物の名刺を取り出した。こんなものはパソコンでいくらでも作れる。実在の女性記者だが漫画担当だ。本人の許可は取っていない。

「なんですかっ」

沢村は頰を引きつらせた。

「これ、沢村さんですよね？」

悦子は川崎から受け取っていた画像を見せた。陰茎を晒した沢村がはっきり映っていた。沢村は絶句した。

「それをどうする気だ？」

「うち、実話誌でも投稿誌でもないので、このまま放置してもいいのですが、Dプロから受け取っている領収証、見せてくれませんかね？」

川崎から指示された通りに伝える。

「何のことかね？」

「やっぱりこれ実話誌に売ります」

「や、やめろ」

「うちがこれを握っている以上、もう沢村さん無理ですよ。私らに協力するしかないんです。半永久的にね。沢村さんが、業界から引退すれば、意味のない写真になりますが」

悦子はじっと睨んだ。川崎から渡されたシナリオ通りに進める。

「引退」

「その覚悟がないと、領収証出せないでしょう」

「本当にないんだ、だいたい裏金の領収証なんて、Dが出すわけないだろう」

「困りましたね。だったら、これ流します。私、沢村さんの人生なんてどうでもいいですから」

悦子はイライラしていた。早く、もう一回オナニーしたい。

「どうしろと」

「ここで、領収証作って」

これも川崎の案だ。まったくとんでもないことを考え付く男だ。毎スポのエロ担時代に覚えたヤラセのテクニックの応用編なのだそうだ。

「はい？」

沢村がポカンと口を開けた。

「いますぐ事務所に電話して、Ｄプロとの契約書のコピーを、私のタブレットに転送して。芸能プロは二十四時間体制なんでしょう？」

クリトリスがむず痒《がゆ》くてしょうがない。

「わかった。送らせる」

「こっちの部屋に入って」

悦子は自分の部屋に入れた。キャバ嬢に目撃されるのはまずい。沢村は部屋に入ると事務所にいる部下にメールした。

五分後、Ｄプロとスワットエンタテインメントの業務提携書の写しが送られてきた。社印と代表印がばっちり押してある。

すぐに仲間のグラフィックデザイナーに転送する。偽装領収証を作成させる。

【プリントアウトして、それを写メして】

そう依頼した。

「沢村さん、一曲、歌いなさいよ」

「部屋に戻らせてくれないのか」

「無理よ。Ｄプロに連絡とかされたら困るもの。彼女たちに、三十分待つように言って」

沢村は廊下から顔を出して、キャバ嬢たちに「急にこっちの部屋で打ち合わせが入った。勝手に遊んでいてくれ」と言い、悦子には「明日のうちに引退声明を出して、国外に出たい」と泣きを入れてきた。

「それは、沢村さんの自由ですから」

沢村はマイクを握り、谷村新司《たにむらしんじ》の『遠くで汽笛を聞きながら』を歌い始めた。ダンス系ユニットを世に送り出していても、好みはフォークらしい。

歌い終わって「まだか？」という顔をされた。まだデザイナーの作業は終わっていなかった。

「もう一曲歌って」と指示すると、沢村は吉田拓郎《よしだたくろう》の『落陽』を歌った。失意にあるのを訴えたいらしい。

ようやく完成した領収証が送られてきた。

オリジナリティあふれる領収証だった。社印と代表印もほぼ完ぺきにコピーされている。丁寧に一億円分の収入印紙も貼られている。

それをさらに写メにしているのでリアリティがあふれている。

「はい、もう歌わなくていいですよ」

悦子は、沢村に画像を見せた。

「マスコミに質問されたら『それは偽造されたものだ』と怒ってください」

「本当に偽造じゃないか」

「いいじゃないですか。フェイクの時代ですから。読者の心証の問題です」

悦子は川崎に送信した。

本当は、ここでゆっくりオナニーして帰りたかったが、逃げるしかないので、とっとと部屋を出て、エレベーターに向かった。パンツの中がぐちょぐちょしていて歩きにくかった。

4

十二月が終わるのは早い。今年は実質二十一日の金曜までだ。そこから三連休。明けた火曜日は二十五日のクリスマスだ。

もうほとんど時間は残っていない。

川崎は十二月十七日にその画像を、週刊新春に流した。自分で使うわけにはいかなかったので、読者を装って投稿した。

すぐに新春はDプロに直撃した。受け取った側のスワットエンタテインメントの社長は、ラスベガスに出張中ということで、よけいに疑惑を持たれた。

Dプロの経理担当者が自社の領収証を示して、偽造であると発表したが、ネットにこれと同じ形態の領収証が大量に露出された。

当然ヤラセである。

他の衛星プロやレコード会社など、亜希子が盗み撮りしてきたリストに基づき、どんどん領収証を偽造し「私も払った」式に露出させたのだ。

新春はさすがにクロとは断定しなかった。裏が取り切れなかったのだ。ただ「疑惑」として報道した。「怪領収証」と「怪文書」が出回っているとした。

それでよかった。疑惑が深まればいいのだ。

一方、マンデー毎朝は「たとえ裏でそういうことがあったとしても、審査は左右されない」という毎朝グループらしい記事を出した。

【一億円領収証】の画像はどんどん拡散された。真贋《しんがん》など誰にも確かめようがないのだ。現実にDプロが示した自社の領収証は、市販の製品にゴム印と経理担当者の印を押しただけのものだ。

冷静に考えれば、リアリティがあるとすればそっちだ。

だが、大衆は知名度のある芸能プロなら立派な領収証を使うだろうと思い込む。川崎はそこに賭けたのだ。毎スポ時代、ヤラセエロ写真をさんざん撮ってきたスキルの転用である。

写真は「本物らしい」ことが第一である。

十二月二十日。木曜日。

日本音楽大賞の緊急審査委員会が開かれた。

「議事の進行だけ務めさせていただきます。動議のあるかたは挙手をお願いします」

川崎は、それだけ言って腕を組み、意見の出るのを待った。

オブザーバー役のMCBの番組プロデューサーが挙手し、発言した。

「スワットエンタテインメントとマックレコードの双方から本年度の日本音楽大賞についてでは、HHHジェットは辞退したい旨《むね》、連絡がありました。大賞の最終候補に残っていることもあり、ご審議願います」

「しょうがないんじゃないの？」

古株のスポーツ紙の審査委員が言った。毎スポではない。雪崩《なだれ》を打ったように同意の声が続く。

「決をとりますか？　挙手で」

川崎は聞いた。

「挙手は要らないんじゃないの」

古株が言う。手を挙げたと言われたくないのだ。

「実は、他にもいくつかの事務所から、辞退の方向で検討しているという声が入ってきています。現在、協議中と」

衛星プロが本家のＤプロと相談しているのだ。いずれも領収証をネットに流された連中だろう。

領収証は偽造でも、金を支払ったのは事実で、事がこじれれば、マスコミだけではなく、国税がやってくる。一刻も早い沈静化を願っているはずだ。

「それでは、番組はどうなるんですか」

さすがに川崎は心配になった。やりすぎたかもしれない。

「局としてはＪファミリーズとレ・ミューズの両事務所に本年度限りの出演要請を掛けたいと思います。それしか視聴率を取る方法がありません」

プロデューサーが神妙に頭を下げた。

この言葉には意味がある。男性アイドル王国のＪファミリーズと、音楽大賞にはほとんど興味を示さない、いわゆるアーティスト系を抱えるレ・ミューズはDプロの影響下にまったくない勢力だ。

Jに関してはDの仕切る音楽賞などに協力する気などさらさらなく、この三十年間まったく参加していない。

「それでは」

古株のひとりが眼を剝いた。「賄賂が取れない」という言葉は飲み込んだようだ。

Jとレ・ミューズにテレビ局として出演依頼をするということは「好きな賞を選んでください」というようなものだ。

審査委員は無意味な存在となる。

「それにしても、二社は協力してくれるのかな？」

川崎が聞いた。すでに十日前である。音楽賞なので出演者の発表はしていないが、実際は夏の終わりからほぼ決め込んである。

「両社の幹部に非公式に相談したところ、まわせると。Jのストーミーウエザーは大賞を、レ・ミューズの湘南《しょうなん》スターズは特別賞で三曲演奏することが条件です。両社で司会も担当したいと。Jの山中正弘《やまなかまさひろ》とレ・ミューズの下村樹里亜《しもむらじゅりあ》で折り合いがつきそうなのですが」

「それは乗っ取りじゃないか！」

全国紙である東日新聞の記者が叫んだ。もっともDプロ寄りの記者だった。

川崎も妙な胸騒ぎを覚えたが、流れはすでにその方向へと向かっている。

放送日まで、あと十日。

「決をとりますか？」

川崎は聞いた。

「審査委員長に判断を委《ゆだ》ねる」

最古参の関西系スポーツ紙の記者がそう提案してきた。一同賛同の声を上げた。

川崎は言った。

「私の判断で、二社の協力を仰ぎたいと思います。番組に穴を開けるわけにはいかないでしょう」

それで散会となった。

どうも腑に落ちなかった。夜になるのを待ち、川崎は蒲田へと向かった。

＊

ゴールデンエンパイアのステージでは亜希子が『天使の誘惑』を歌っていた。前回きたときよりも、遥《はる》かに声に張りがある。今夜も身体に密着したロングドレスを着ているが、背中が大きく割れていた。

客席には行かず、川崎はバックステージへと回った。最後列にいるドラマーの背中に声をかける。

「すみません。ワンステだけ叩かせてくれませんか」

「おうっ、浩ちゃんじゃないか」

振り返ったドラマーは十七年前と同じヤクザっぽいオヤジだった。

「ギャラくれとは言いませんよ」

「なら、かまわねぇ。全曲適当に合わせてやってくれ。セットリストは足元だ」

「了解です」

曲の最中だというのに、共にスティックを持ちながら入れ替わった。ハコバンではレギュラーとトラが入れ替わるときやツーバンドがリレーする場合によく使う手だ。

エイトビートを叩きながら入れ替わった。

スポットライトに照らされる亜希子の後ろ姿が正面に見える。背中が汗でキラキラと輝いていた。

バンド席に着くと客席の様子が暗闇になって見えない。ピンライトが自分にも向けられているせいだ。

『天使の誘惑』がアウトロに入った。

川崎は足元に貼られたセットリストを眺めて、次の曲を確認する。『ブルー・ライト・ヨコハマ』だ。徹底して五十年ほど前の曲を演《や》っているらしい。

亜希子が客席にお辞儀をしている様子を見ながら、次の曲のタイミングを取った。歌い手とドラマーの関係に戻ったような気分だ。

カウント4でイントロが出る。

亜希子が歌い出す。川崎は、亜希子の尻の割れ目を見ながら叩いた。股座《またぐら》にリズムのアッパーカットを挿入するつもりで打った。

もともとこのドラムのリズムで、亜希子を発情させたものだったのだ。亜希子の尻の揺れが、これまでよりも悩ましくなった。ドラマーが代わったことに気が付いたかもしれない。

だが、亜希子は振り向かない。

裸よりも猥褻に見える密着ドレスを着たまま、ステージを上手《かみて》に歩き始めた。ライトが亜希子を追う。光の交差の加減で、ほんの少し川崎にも客席が見えた。

上手後方のやや段上になった部分にある席。

亜希子が、腰の位置で軽く手を振った。ステージシンガーが馴染みの客によく見せる仕草だ。私の客、という意味である。

客は、ごく普通のビジネススーツを着込んでいたが、堅気《かたぎ》にはない華やかさがあった。

川崎はエイトビートのリズムをキープしながら、男を凝視した。

「！」

見覚えがあった。

どんなに地味を装っても、醸《かも》し出す華やかさを消せない人種というのがいる。元芸能人だ。

男は、滝本一清《たきもとかずきよ》。元アイドル歌手だった。亜希子がテレビでもほんのわずかに活躍していた時期、滝本はトップアイドルだったはずだ。おかしなことに十年前、突如、事務所の裏方に回ると言い出し引退を発表した。

現在はＪファミリーズの総合演出家として若手の育成に傾注《けいちゅう》していると聞く。

Ｊファミリーズ？

滝本一清の横に、加代が座っていた。加代は相変わらず殻付きピーナツの殻を剝くのに忙しい。ときおり、加代がドラムの方を指さして笑う。滝本も顔の前で手を叩いて破顔した。

川崎はいてもたってもいられなくなったが、ドラムセットの前から離れるわけにはいかなかった。本職はいまごろ楽屋で競馬の予想に余念がないはずなのだ。戻ってくれとは言えないし。

曲が続く、『恋の奴隷《どれい》』。

昭和の小悪魔、奥村《おくむら》チヨのナンバーだ。

亜希子の歌い方が一段といやらしくなった。

しかも滝本一清の方を向いて一心に歌っている。歌詞の意味を切々《せつせつ》と伝えているような歌い方だ。

出来ている！

そうでなければ、この歌を周囲も憚《はばか》らずに、滝本だけに向かって歌えるはずがない。ハコバンシンガーは、時に「私の男」にだけ心情を歌詞に託して伝えることがある――。

その駆け引きが楽しいのだ。

「それでは今夜もラストナンバーになりました。今夜は、ちょっと渋いところで、ザ・タイガースが英語で歌った名作『スマイル・フォー・ミー』をお届けします」

渋すぎる。グループサウンズファンでも忘れてしまっている一九六九年のナンバーだ。十七年前にはやっていなかった曲なので初めて叩く。

カウント4を取り、探りながら叩いた。出だしはアフタービートでごまかす。スモークが流れ出た。

滝本と加代が連れ立ってフロアに出てくる。踊るのかよ。亜希子がステージ下手《しもて》に寄る。おい、そこで見せるのかよ？　じわりじわりと客の間を縫って、滝本と加代が亜希子の真下にくる。

亜希子がサビを高らかに歌い上げたとき、大きく股を拡げる。スリットが破けるほどだ。滝本はニタニタ笑って、臆面もなく股間を見上げた。

どこをスマイル・フォー・ミーだっ。

わざと片脚を軽く上げたり、太腿を開いたりしながら歌う亜希子に発情した。嫉妬の精汁が湧き上がってきて亀頭を固くする。

勃起したままそのステージを降り、楽屋に急いだ。通路で亜希子が待っていた。

股間に手を当てたまま立っていた。濡れているようだ。川崎も勃起したままだった。

「乗っ取りに使ってごめんね」

「どういうこった？」

「彼は、十年前に私とベッドに入っているところを盗撮されて、引退に追い込まれたの。もともと演出家になりたがっていたから都合がよかったんだけど」

女房気取りの言い方だ。

「浩ちゃんが学芸部で審査委員長になったという話は、四月から聞いていて、そうなればいずれここに来るだろうと思っていた。遅かれ早かれ、私がダイナマイトにいたことを想い出せば必ず来ると思った」

網を張られていたのは、自分の方だった。

「滝本のために一肌脱いだってわけか」

「まぁね。成田の前で本当に一肌脱いじゃった。まあ、そういう世界だからね」

「あのデータや沢村の写真は？」

「全部滝本さんが準備してくれていたのよ。リベンジのためにね。あのとき私たちのエッチ写真を撮ったのも成田だもの。でもあのデータはすべて推測。滝本さん、同じ業界にいたらどこにどれだけのお金が流れるかなんて、だいたい想像出来るってでっちあげたのよ。ズバリ当たっていたようね」

すべてヤラセの芸能界。このことを胸に刻んでおきたい。

「リベンジのリベンジをされたらどうする。おまえらの写真がネットに流れるぞ」

いちおう心配してやった。その懸念は充分ある。

「平気よ。私たち、明日婚約発表します。毎朝がスクープしてくれてもいいですよ」

川崎はその場に倒れそうになった。亜希子が続けた。

「滝本さんは、今回のことで手柄を上げたので、年明け早々、副社長に就任します。新しい芸能界の首領《ドン》の誕生ということになるでしょう」

グウの音も出なかった。

「いまからおふたりにお話を聞けませんか。なれそめから、挙式の予定まで」

川崎は、へりくだった。たぶんこのスクープだけは、本物だろう。

「わかりました。ちょっと待ってください。滝本に上書きしてもらってから、連れてきます」

亜希子は股間を押さえながら築五十年の廊下を走っていった。

すれ違いに加代がやってきた。

「手ぐらいかそうか？」

エアーシェイクを見せられた。

「いや、遠慮しておきます」

川崎は、廊下からステージの天井を見上げた。ミラーボールに自分の間抜けな顔がいくつもうかんでいた。

据え膳

1

富久町《とみひさちょう》の割烹の『正勝《まさかつ》』を出たところで、川崎は夜空を見上げた。薄墨《うすずみ》を流したような雲だけが流れている。月のない夜だ。

(このところ運もない)

胸底でそう呟き、大きく伸びをする。

酒は強いほうで、あれしきの日本酒で正体をなくすことはないが、色香には、めっぽう弱い自分だ。

おかげで、うっかり据《す》え膳《ぜん》を食ってしまうところだった。

(あぶねぇ、あぶねぇ)

股間に手をやり、逸物《いちもつ》の位置を直しながら、新宿通りを歩き出す。

据え膳食わぬは男の恥というが、食ったら最後、地獄ということもある。

どこかのバーに入り、バーボンでも呷って、舌に残る甘口の清酒の味を一掃すれば、淫気も取れようというものである。

それにつけても勃起していると歩きにくいものだ。棹が張って、一歩進むごとに、股布が睾丸に食い込み、玉袋が左右に割れて痛い。

勢い、間抜けな歩き方になる。

なんでこんなことをしているのだろうと、行き交う車のヘッドライトを見やりながら、自嘲した。

――まるでエロ動画で発情した高校生のようだ。

学芸部での暮らしが早くも三年になった。戻してもらえるはずの社会部に空きポストがなく、ステイさせられたままなのだ。

学芸部では音楽担当で、日本音楽大賞の審査委員長を務めていることもあり、芸能プロ、レコード会社、興行会社《イベンター》から接待を受ける日々である。

今夜は、新興の芸能プロとの酒席であった。料亭とは縁遠いような若い経営者で、日頃は西麻布界隈《かいわい》の会員制バーに出入りしているような雰囲気の男だった。

いかにも業界の盟主『ダイナミックプロ』の系列プロという感じである。高価そうな懐石料理を食しながらも、この社長は意味もなく『よろしくお願いします』を連発するだけで、会話はまったく弾まない。

経営者といってもDプロの課長クラスといったところだろう。

一方で、酒席には身体にぴったり張り付くサマーセーターにマイクロミニ姿の女性三人が、同席していた。歌手デビューを目指す研修生たちだという。

案の定、膳を前に正座をした彼女たちの膝の隙間からは、パンツが丸見えだった。

この女たちそのものが、川崎に差し出された『膳』なのである。

パンツが見えない女もひとりいた。

その女、代わりに陰毛が見える。ふさふさとした黒陰毛だ。

酒が進むほどに女たちは乱れはじめ、しまいには川崎に群がるように寄り付き腕、肩、背中にバストを押し付けられる始末だ。

ノーパンの女には股間を弄《いじ》られた。

絶妙な指の動かし方で、ズボンの上とはいえ、睾丸と棹をじわじわと刺激され、あっという間に半勃ちにさせられた。

思うに、この女だけは、アイドル候補の枕営業部隊ではなく、本職の風俗嬢だったのではないかと思う。

撫で摩《さす》り方が、素人とは思えない手つきだったのだ。

それは、それは勃った。亀頭がパンクしそうなほど膨らんだものだ。

だが、ここで食ったら最後、こっちが食い物にされる。それが芸能界だ。

芸能誌の記者やレポーターの中には、進んで据え膳を食う者もいる。むしろ、それは当然の対価なのだと考える節の記者たちも多い。

だが、川崎に言わせれば、それはもはや記者ではなく、芸能界の内側の人間になっているということだ。

記事ではなく広告を書いているに過ぎない。

それは、政治部、経済部の記者も同じである。

いわゆる番記者制である。

いつの間にか、その業界の人間になり、メディアとしての中立性はなくしてしまう。

彼らが行きつく先は、評論家である。

芸能評論家、政治評論家、経済評論家、いずれも元記者が大多数を占める。

――自分は記者でありたい。

川崎は、歩きながらそう思った。

取材対象と決して同化しない。だから自分は、根っからの社会部記者なのだ。

勃起した陰茎と同じように、まだ真っ直ぐな気持ちが残っていた。芯も通っている。

四十歳。

青臭いと言われればそれまでだが、川崎は社会部復帰への望みを捨ててはいなかった。

川崎は、ほうほうの体《てい》で、女たちを振り切ってきた。

これでも六年前までは、社会部の警察《サツ》担当《タン》だった。事件現場を歩き、自分の目、耳、手、足でスクープを摑み取る。それこそが記者の醍醐味《だいごみ》で、一度味わうと、なまじのセックスよりもエクスタシーを感じるものだ。

だが、新聞社において、社会部とそれ以外の部では、取材方法があまりに異なった。文芸担当は大物作家から、映画演劇担当は演出家や俳優から、音楽担当はスター歌手から直接指名されるようになって一人前といわれている。

つまり、スクープは、そういう関係になった相手側から渡されるのだ。

それは記者か？

暗い舗道を進みながら、川崎は自問した。常夜灯が時折、自分の影を映す。

——違う。それはその業界の代弁者でしかない。音楽担当記者も、大手芸能プロの意向に沿い提灯《ちょうちん》記事を書き続けていれば、時には大スターの結婚、離婚の特ダネや独占インタビューの権利が与えられる。

そして退職後は、芸能評論家としての道をつけてもらえるのだ。

新聞社は、政治評論家、経済評論家、スポーツ評論家、芸能評論家の養成所のようなものだ。

まっぴらごめんな世界である。

新聞社で、本来の使命である真実の追求を可能にしているのは、社会部だけといえる。だから、他部署からは徹底的に嫌われ、時に、取材に手心を加えるように要請が入る。

そんな要請を無視するのも社会部だ。

さっさと社会部への復帰を果たしたいが、現状では、唯一《ゆいいつ》の後《うし》ろ盾《だて》である社会部のデスク、田中清吾が部長に昇進するのを待つしかない。

あるいは因縁の相手である経済部長の中沼靖男が失脚するか、だ。

ツキが落ちたのは、あの中沼に睨まれてからだ。もっともその原因はすべて自分にあるのだが。

川崎は、歩き続けた。

新宿二丁目の灯《あか》りが見えてきた。

半年前と違い、街全体の灯りが小さくなったようだ。

新型コロナウイルスの感染拡大によって、もっとも眼に見える形で、被害を被っているのが、飲食店と観光業だ。

わけても、接客を伴うバーやクラブは辛い。

居酒屋やレストランには同情も集まるが、ナイトクラブ、キャバクラ、ホストクラブの類には、世間の目も冷淡だ。

ゲイバー、レスビアンバーがひしめくここ新宿二丁目もかつての喧騒が嘘のようだ。海外からの観光客は皆無となり、ノンケもめっきり減った。

ある意味、三十年前の特殊な街に戻ったのかもしれない。

川崎は馴染みのバー『正義の味方』の扉を開けた。

十人も座ると満席になるカウンターだけの店だ。

他に客はいなかった。

「ちっ。あんたかい」

カウンターの中でマッチョなママが、がっかりした表情を浮かべた。

周子《しゅうこ》ママ。五十歳。体重は百キロを超えている。十年前まで警視庁刑事部捜査二課の敏腕刑事だったと、先輩記者から聞いている。

化粧はまるでデタラメで、それがウリだ。目だけはいつ来ても笑っていない。

「悪かったな。ノンケで」

川崎は、勝手にカウンターの中央に座った。

「開けたばかりだというのに、そんなシケた顔で来られたんじゃ今夜もツキそうにないわね。記者に渡すネタなんてないからね」

着物姿のママの本名は、長谷川周蔵《はせがわしゅうぞう》。刑事時代の綽名《あだな》は『鬼の周蔵』。腕ではなく顔のことだという。ゲイバーのママに転職して鬼の凄みがさらに増したようだ。

気性はさっくりしている。

「いや、情報収集に来たわけじゃない。スケベな気持ちを醒《さ》ましに来た」

「どういうことよ……」

着物姿の周子ママが突如、流し目になった。獲物を狙う目だ。

「やはりその顔を見たら、一気に醒めた」

怖いぐらいだ。

「今すぐ帰りなさいっ」

周子ママが、アイスピックを客席に向けた。

「まぁそう言わずに、フォアローゼズのロックを一杯だけ飲ませてくれ」

「高いわよ」

「寄付するつもりできた」

川崎はカウンターに茶封筒を置いた。先ほど接待してくれた社長からお車代として渡された五万円が入っている。

「ツキのない顔をしている割には、小金は回っているみたいね。特別給付金、ありがたく頂いておきます。据え膳、食わずにきたって顔ね」

周子ママは、封筒を帯の間に挟み込むと、バーボンをなみなみと注いだロックグラスを差し出してくる。フォアローゼズ独特の甘い匂いがした。

男色はないが、二丁目の住人達と口舌《くぜつ》を交わすのが好きだ。洒落《しゃれ》の通じるゲイは、歌舞伎町のキャバ嬢などより、よほど洗練されている。もちろん勝手な解釈だ。

「どうも女で失敗してから、臆病になった。いや、だからこの店にきているわけじゃない。それにしても、このご時世で店を開けていられるだけでもハッピーじゃないか」

歌舞伎町でも六本木でも、飲食店がバタバタと廃業している。特に、スナックやバーは壊滅的だ。

「なに言ってんの、も〜大変。うちは昼から夕方までは、おにぎりのデリバリーをやって凌《しの》いでいるのよ」

周子ママ、握る真似《まね》をしている。ちょっと握り方が違う。太巻きみたいだ。

「ほう」

「立派なオカマで炊《た》いて、真心こめてニギる。煮物は隣のオナベが出しているし」

隣は、元女教師が経営するレズビアンバーだ。

「そのおにぎりはうまそうだな」

「ノンケと女には、売らない」

ぴしゃりと跳ねのけられた。

扉が開いた。

周子ママの目が一瞬輝いたが、すぐに不機嫌そうに口を尖らせた。客が女だったからだ。

「あら、毎朝の川崎さんじゃないですか」

入ってきた女が、いきなりそう切り出してきた。

レモンイエローのワンピースに白の丈の短いサマーカーディガンを羽織《はお》っている。

色白で黒髪をハーフアップに結《ゆ》った女だが、川崎に見覚えはなかった。

「ここで会ったことがあるのかな？」

通い詰めていたのは、社会部時代。六年前のことになる。学芸部に復帰してからまた来るようになったが、せいぜい三か月に一度顔を出す程度だ。

芸能界の人間は、新宿よりも六本木や西麻布で飲む傾向が強い。

「昨日の午後もお会いしました」

女が目を細めた。愛嬌《あいきょう》のある和風美人だ。二十代後半というところか？

「はい？」

川崎は首を捻った。覚えがない。

「川崎さん、午後三時ころ、赤坂にいらっしゃいましたよね」

女が横に座った。生ビールを頼んでいる。

「あんた、公安《ハム》？　それとも内閣情報調査室《サイロ》の諜報員？」

女は驚いたような顔をした。

公安や内調は、ときに新聞記者をマトにかけることがある。どんな人間であれ、隠しておきたいことはあるものだからだ。そいつを探し出し、さりげなく恫喝してくる。記者を情報源にするためだ。同時に印象操作の先兵として使われる。

一般人にはわからないように、都合のよい政策を実行するためだ。

「制作三部にいかれたんですよね」

女はビールの泡を口の周りに付けたまま、そう言った。

「えっ。あんた桜町《さくらまち》テレビの人？」

「はい。受付にいます。酒井奈美《さかいなみ》と言います。派遣ですが、丸二年になります」

「そうだったのか。しかし名前まで記憶されているとは……」

川崎は、グラスを持ったまま肩を竦《すく》めた。

「みなさん、入構の際に必ず記帳されるので、名前なんかも覚えてしまうんです。すみません」

奈美がグラスを掲げた。

「なるほど、そういうことか。気づかなくて申し訳ない」

川崎も掲げた。

「ここにはよくくるのかね？」

他人の性的指向など見た目ではわからないが、テレビ局の受付嬢が、ひとりで飲む場所としては、なんとなく違和感がある。ひょっとして、本当の狙いは隣の鍋屋なのかもしれない。

「私、ストレートですよ。お酒が好きなだけです」

川崎の想像に気づいたのか、奈美がきりりとした顔で言う。

「念のために言っておくが俺もストレートだ」

「そうでしたか」

奈美の目が微かに笑う。信じていないのか。

「酒を飲むだけなら、わざわざこのあたりまでこなくても、赤坂界隈にいくらでも小洒落たバーがあるだろうに」

「あら失礼ね。うちは、昭和初期建築のヴィンテージ・バーよ。洒落た店の極みでしょう。しかも、風通しもいいし。この時期、最適よ」

周子ママが、ガヤを飛ばしてくる。

物は言いようだ。戦後のどさくさに建った木造の二階家なのだから、ヴィンテージには違いない。

風通しがよいというのは、単に建付《たてつ》けが悪いので、隙間風《すきまかぜ》が入るということだ。

「私にとっては、リーズナブルなホストクラブです。ここにくるとお腹《なか》の底から笑って飲めるんです」

奈美がビールを一気に飲み干した。可愛い顔をしているが、豪快な飲みっぷりだ。

「ホストって、どういうことよ。私たちは美を競うホステスよ。奈美、暴言代として一杯貰うわよ」

眉《まゆ》を吊り上げた周子ママが、サーバーから自分用にビールを注いだ。

「ごめんなさい。言い直します。女がひとりで飲むのに、ゲイバーほど安全な店はないということです。口説《くど》かれることがないですから」

奈美が舌を出した。

「奈美、あんた、そんなこと言って、実はパンツの中、ぐちょぐちょに濡れているんじゃないの？」

周子ママが、唐突に絡む。

女子に下ネタを浴びせかけるのが、この店の名物だ。

「濡れてなんか、いませんっ」

奈美が眦を上げて訴える。この女も、たぶんそれを楽しんでいる。

「嘘、マメも勃っているくせにっ。スカート捲ってごらんなさいよ」

鬼の周子ママは容赦ない。

奈美が耳朶《じだ》まで真っ赤に染め、

「やだぁ」

と、丸椅子に座ったまま、スカートの上から股間を押さえた。

その仕草、マリリン・モンローみたいでエロい。

「なによ、その初心《うぶ》い顔。その押さえたところが、天然ものだっていう自信でしょ。

癪《しゃく》に障《さわ》るわねぇ」

周子ママがさらに毒づき、喉仏《のどぼとけ》を上下させながら、ビールを飲む。

「天然ものって言われても……」

奈美がさらに股間を押さえた。ワンピースの裾がピンと張ったので、ほんのわずかだが、太腿の付け根に下着のラインが浮かんだ。太腿もむっちりしているようだった。

タレントの卵たちのわざとらしいパンチラなどよりも、遥かに欲情させられた。

（いかん、いかん）

淫気を吹っ飛ばすつもりで寄ったのに、さらに欲情してどうする。

そもそも自分が不遇を託《かこ》っているのは、かつて欲望の赴くままに、取締役経済部長の情婦《イロ》とやってしまったからではないか。

川崎は自分を諌《いさ》めた。

十分もすると、ぽつぽつと客がやってきた。立派な紳士たちでカウンター席が埋まる。

新宿二丁目も、盛り上がりのピークが以前よりも早くなったようだ。

酒棚の横の扉が開いて、ひょいと、もうひとりのホステスである桃若《ももわか》が現れた。

元自衛隊員だ。元刑事と元自衛隊員に接客されるのは、なかなか複雑な気分だ。

川崎は、ここらが潮時とみた。

「では、俺はこの辺で」

腰を浮かせたところで、周子ママがカウンターから出て、耳打ちしてきた。

「隣の天然鮑《あわび》を、お持ち帰りしてよ。うちら、イケメンの客がきたから、かまっていられないのよ。川崎ちゃん、お願い」

周子ママが、柄にもなく口を尖らせてウインクまでして寄越す。余計に怖い。

「いやいや」

川崎は首を振った。

奈美とは、桜町テレビにいった際に、また出くわすこともあるだろう。あまり深入りしたくなかった。

「川崎ちゃん、運《ツキ》がないときは、突《ツ》いてみることよ。これ二丁目の格言。あの天然鮑、案外福運《ふくうん》かも」

周子ママが顎をしゃくる。

「よしてくれよ」

「彼女、電車で帰るんだからどうせあと一時間ぐらいのことよ。ねぇ、気を利かせてよっ」

執拗にせがまれた。どうやら、いま来ている客たちを口説いて、そのまま発展させたいようだ。

「たまには、ママの顔を立てますか」

「顔じゃなくて、棹を立てて。玉《タマ》には……ね」

ぎゅっと股間を握られた。今夜は、よく握られる。

川崎は奈美の横に座り直し、世間話をすることにした。

店はそこから、怒濤の下ネタバトルとなった。

川崎も奈美も、まるで漫才を見ているように、腹を抱えて笑った。

2

帰り道の靖国《やすくに》通り。

伊勢丹《いせたん》メンズ館の前あたりまでくると小雨《こさめ》が降ってきた。百貨店のシャッターはとっくに下りている。

「楽しかったです。周子ママも桃若さんも、会話のテンポとかセンスが絶妙でしたね。もう私、聞き惚《ほ》れてしまいました」

そう言う奈美はもはや千鳥足だ。相当飲んでいる。

「まぁ、漫才を見ているようなものだったな」

川崎も、いつになく酔っていた。周子と桃若に、何かにつけては『この天然鮑め』と罵られる奈美を見ていると、次第に興奮してきたのも事実だ。

「それにしても、今夜は、いつもの三倍、罵倒《ばとう》されました。天然鮑の連発でしたし。きっと川崎さんが一緒にいてくれたからですよ」

「なぜそう思う？」

「周子ママはクレバーです。私がひとりだったら、あそこまでは『天然鮑のくせに』とか『あー女臭いっ』とか罵倒できませんよ。逆イジメになってしまいますからね。ノンケの川崎さんが一緒にいてくれて『それはあんまりだ』とか、合いの手を入れてくれるから、どんどん掛け合いになれるんです。向こう側のお客さんたちも喜んでいましたね」

言いながら、トートバッグから折り畳み式の傘を取り出そうとしている。

「なるほど」

そのためにも、ママは自分を居残らせたかったというわけだ。

突然、奈美がぐらりと揺れた。

と、伊勢丹のシャッターの揺れる音がして、いきなり川崎の視界から消える。

「おいっ」

視線を下げると、奈美が、歩道に尻もちをついていた。伊勢丹のシャッターに背中を押し付けたまま、思い切り開脚している。ワンピースの裾が捲れあがり、光沢のある白いパンティが丸見えになっていた。

「いやんっ。見ないでください」

奈美はそう叫んだが、動きは緩慢《かんまん》だった。

すぐに股間を閉じることもできないでいる。見た目以上に酔っているということだ。

「見ないよ」

言いながら手を差し伸べたが、男の本能としてしっかり見た。今夜はつくづく女のパンツを見る。ちょうど恥毛の盛り上がりあたりに赤いリボンの刺繍があった。

清楚だが、エロい。

川崎の股間は、またまた一気に膨張した。結局、淫気が抜けることはなかった。

「あぁ」

奈美は、途中まで立ち上がったが、膝が笑ってまたすぐに尻から落ちた。ワンピースはさらに大きく捲れあがった。今度は臍《へそ》まで見えた。

通行人に大サービスだ。

「おいっ、しっかりしろよ」

川崎は、奈美の腰を抱き、引き上げようとしたが、やたらに重かった。本当に酔っている証拠だ。よほど先ほどのトークが楽しくて、調子に乗って飲み過ぎたのだろう。二十代ではよくあることだ。

『泥酔者は死体と同じほど重い』

かつて交番勤務の警察官にそう聞いたことがある。確かにそうだった。スレンダーなのに、とてつもなく重い。

「あっ、すみません。でも私、ちょっと歩くの無理みたいです」

「しょうがねぇなぁ」

奈美を肩から担《かつ》ぐことにした。

「家は？」

「中野《なかの》です」

「タクシーで送るよ」

川崎は靖国通りを見やった。歌舞伎町の入り口付近に客待ちのタクシーが列をなしている。

「いえ、いまタクシー乗ったら、私、確実に吐きます。ちょっとどこかで休ませてください」

奈美の顔は青かった。誘っているようには思えない。もちろん、利害なしに誘われるほど、自分はいい男でもない。

深夜の新宿で休めるところといったら限られている。

「わかった。ラブホでいいかな。いや、俺は吐きそうな女に手を出すつもりはない」

「大丈夫です。川崎さんがそんな人じゃないのは、さっきまでの会話でわかっています」

妙に信用されたものだ。

小雨の中、千鳥足の奈美と身体を絡めながら歩き、歌舞伎町二丁目のラブホテルに入った。ひどく古い建物だった。

――おそらく昭和四十年代の建築。

室内に入ると同時に、川崎には見当がついた。

円形の回転ベッドとガラス張りのバスルーム。どちらも現在の風営法では許可されていない設備だからだ。

継続使用ということで、認めさせているのだろう。

もちろん浴室のガラスには、ロールスクリーンが引かれている。中からしか開けられない仕組みだ。

奈美は、円形ベッドに、着衣のまま倒れ込み、すぐに寝息を立てた。二時間ほど眠ると酔いは醒めるものだ。すっきりすることだろう。

照明を落としてやる。

川崎は、勝手にシャワーを浴びた。

溜まったままの淫気のせいで、半勃ちしたままの状態だったが、さすがにここで扱く気にはなれなかった。

もやもやした気持ちを洗い流そうと、熱い湯を浴びた。結果は無理だった。残尿感のような淫気を亀頭に残したままバスルームを出た。

やたらと糊《のり》のきいたバスローブを羽織り、ベッドの端に寝る。

奈美とは一定の距離を取った。こんなところで手を出したら、あとが面倒だ。奈美の首筋から香る甘いコロンの匂いを嗅《か》ぎながら、川崎もうとうととなった。

どれぐらい眠ってしまったのか、わからない。

はっ、と気が付くと勃起した肉棹が、バスローブを押し分けて、眼前に露出していた。

慌てて半身を起こした。

ベッドの上に奈美の姿はなかった。バスルームの方から、ボディソープの香りが漂ってきた。自然に視線がそっちに向く。

——えっ?

川崎はわが目を疑った。

白いスクリーンに、身体を洗う奈美の姿が浮かび上がっているのだ。

昭和のラブホテル特有の裏技のようだ。

薄暗いベッドルームに対して、バスルームは奥側の壁にライトが設置されているので、中で洗う様子が白いスクリーンにシルエットとして映し出される仕組みになっているのだ。

奈美は立ったまま、シャワーを浴びている。横向きに映し出されている形の良いおわん形のバストと、その頂にある乳首までくっきり浮かび、下腹部は盛り上がって見えた。陰毛だ。奈美は右手を、そのあたりに這わせている。

妖艶な影絵だ。

川崎は、バスローブから突き出た肉棹を握りながら、バスルームへと近づいた。

こんなシーンを映し出されては、さすがに扱きたくなる。

スクリーンはこちらからでは開けられない。

おそらく、そのことが奈美を安心させているのだろう。当人はシルエットが映し出されているとは露《つゆ》ほども知らず、太腿のあたりを洗っていた。

川崎は、バスローブの前を開き、天狗の鼻状態の肉棹を強く摩擦した。最低な行為だと知りつつも、七時間ほど前から溜まりに溜まった淫汁を、もはや出さないことには、自分が悶《もだ》え死にしてしまいそうなのだ。

扱きながら高校時代に体育の授業後に、悪友たちと隣の教室で体操着から制服に着替える女子を、窓の隙間から覗き見していたことを思い出す。

覗き見はひとつの願望だ。性的なものに限らず、人には必ず他人の秘密を覗きたいという願望があるものだ。

決して異性には見せない、無防備な状態を覗くとなると、尚更、心が弾む。

とっくに酔いが醒め、正気に戻った奈美が、覗かれているとも知らずに、全裸で身体を洗っている。

その様子に、川崎の欲棒はマックスに膨張していた。早く白いリキッドを吐き出してしまいたいのだが、一方で、じっくり眺めないと損な気もした。

川崎は、股間のサラミソーセージを握った右手の握力に強弱をつけたり、手筒の上下運動の速度に緩急をつけた。

一番食べたいものを最後に残しておくという、いやらしい性格が出た。

奈美の影がしゃがみこんだ。

バスチェアに腰を下ろし、ボディソープを身体に塗り始めている。無防備に股を大きく開いている。

いい香りが漂ってきた。

股間に入れた手がせわしなく動いているように見える。

女は、男以上にアソコを入念に洗うという。突起物ではなく、窪地なので、隅々まで指を這わせる必要があるのだろう。

川崎は擦りながらスクリーンを眺め続けた。しばらくすると、バスルームの中から、奈美の声が聞こえてきた。

「あぁ」

川崎は耳をそばだてた。安普請《やすぶしん》だ。声は簡単に漏れてくる。

「はぁ、あっ、いいっ」

これは喘ぎ声のようだ。

しかも奈美の腕が小刻みに揺れていた。

――ひょっとして？

川崎は、ガラス壁から少し離れた。そうした方が、影絵の全貌を見て取れる。

奈美の右手が股間を弄っているようだ。

洗っている動きとどこか違う。くの字に曲がった腕の先で、手首が揺れている。スナップしているのだ。

まんちょを洗うのに、スナップは使わないだろう。

――秘孔に抜き差ししている？

間違いない。

見えているのは、あくまでもシルエットなのだが、桜町テレビの受付嬢が、一メートルと離れていない距離で自慰をしていると思うと、川崎の脳内エロスが一気に沸騰《ふっとう》した。

シルエットの奈美の両手の動きが激しくなった。

川崎の手の動きも速くなった。高校生みたいでなんだか情けないが、もう止められない。

声を漏らさないように、口をへの字に結んで、黙々と扱いた。

「あっ、いやっ、はぅううう」

目の前の人影が一瞬、中腰になった。肩と尻を、ぶるぶるっと震わせている。蟹《がに》股《また》の真下から指が出入りしている。

「おぉっ」

その仕草を見て、川崎の亀頭が最大限に膨張した。パンク寸前だ。これは出してしまわないことには、収まりがつかない。このままにしていたら、絶対、奈美に手を出したくなってしまう。

「はっ」

気合を入れて扱いた。バカみたいだ。

「あぁん、気持ちいい。いいっ、あっ、あっ、あっ」

奈美の身体の揺れが大きくなった。股間に挿し込んだ右手首のスナップを利かせながら、何かを摑もうと左手を必死で伸ばしているようだ。

川崎もフルスロットルで手筒を上下させた。いよいよもって、精汁がこみあげてきた。

——まだまだ。

欲深い川崎は必死で堪えた。カチンコチンの亀頭の尖端の穴を懸命に窄める。

スクリーンの手前のガラスに反射する自分の顔が、歌舞伎の市川團十郎《いちかわだんじゅうろう》の『睨み』のようになった。

「くっ」

顔を左から右にゆっくり振り、顎を引く。

と、次の瞬間、目の前のロールスクリーンが、シュッと上がった。スルスルではない、シュッだ。

一瞬にして巻きあがり、真っ裸でオナニー中の奈美の姿が現れる。

「うわぁああああ」

川崎は吠えた。

吠えると同時に、亀頭の尖端で穴が緩み、精汁が飛び出した。ドピュンと第一波。最悪の事態だ。

「いやぁあああ」

ガラス越しに顔射された奈美が、のけぞり、バスチェアから落ちた。桃色の秘裂に人差し指と中指を突っ込んだままだった。

ハート形に開いた小陰唇の間に、二本の指が付け根まで入っているではないか。

「すまないっ」

ロールスクリーンを上げたのは自分ではなく、あくまでも奈美なのだが、川崎は思わず謝った。謝りながらも精汁は飛んでいく。止められるものではないのだから、仕方がない。

射精を懸命に堪えている時の顔は、團十郎の『睨み』だが、出している時の顔は、東洲斎写楽《とうしゆうさいしやらく》の代表作のひとつ『三世大谷鬼次《さんせいおおたにおにじ》の奴江戸兵衛《やつこえどべえ》』の表情にそっくりになる。これは自分に限らず、だいたいの男が同じ顔になるはずだ。

「そんなっ、川崎さんなんで、そこにいるんですかっ。いやっ、私っ、止まんないっ」

奈美の指もピストンしたままだ。人差し指と中指の二本が物凄い勢いで出没運動を繰り返していた。短い亀裂で、薄桃色の花が左右に開き切っていた。

女も、極限を迎える間際では止められないようだ。

「あぁあぁーー」

十秒後、奈美は歓喜の声を上げ、がっくりと肩を落とした。

溶けたような顔をしている。

すぐに、ロールスクリーンは下ろされた。下りるときは、スルスルとゆっくりだった。

バスルームから出てきた奈美は、すでに完璧に着衣していた。

バスローブ姿で、ベッドに横になっていた川崎には目もくれず、一礼すると、そのまま部屋を出ていった。

セックスをするよりも興奮したが、セックスしたほうがまだマシだったかもしれない。

言いようのない倦怠感《けんたいかん》に包まれ、川崎は眠りに落ちた。奈美の秘裂の様子だけが瞼の裏側から離れなかった。

3

新宿から、直接社に上がった。

記者は出社することを上がると呼ぶ。外で取材をしているのが通常業務だからで、オフィスは、役者の楽屋のようなものとなる。

毎朝新聞の学芸部は、八階の編集局フロアの中央付近にあった。

一番手前が、出入りの多い社会部となる。その奥に、科学部、学芸部、さらに運動部、外信部、政治部と続く。どん詰まりが経済部だ。整理部と校閲部はワンフロア下にある。かつて、自分はこのフロアを全裸で疾走したのだ。当時は、このフロアには誰もいなかったが、のちのち防犯カメラに映っていたことが判明した。デスクの田中が、なかなか自分を呼び戻せなかったわけだ。役員会議で、取締役以上全員がその映像を見たという。ついた綽名が全裸記者だ。普通なら辞めている。辞めなかったのは、大手新聞社というものが日本には五社しかなく、退職したら二度と同じ規模の仕事は出来ないと思ったからだ。

辛抱強く復帰を待った方がいい。

その古巣の社会部の前を通りすぎると、田中清吾が忙しく原稿をチェックしていた。記者は出払っているようで社会部のシマにいるのは学生バイトだけだった。

「デスク、夕刊、当番ですか?」

社会部デスクは四人いる。午前中にデスクに座っているということは、夕刊担当ということだ。当番デスクは、午後二時の夕刊締め切り時刻が過ぎる頃、次のデスクと交代しビルの地下にある居酒屋に飲みにいくことになる。

「お前さんたちは、毎日夕刊だけだろう」

毎朝では文化面は夕刊と日曜版にしか存在しない。

学芸記者が朝刊に書くのは、大物芸能人が逝去《せいきょ》したときの追悼文《ついとうぶん》ぐらいだ。

「それも、月に一度、インタビューかコンサート評の紙面をもらえるぐらいです。毎日、コンサートにいくか、業界人と飯を食うだけの日々ですよ」

それが生きがいだという学芸記者は多い。だから後年、芸能評論家の道に進めるのだ。

川崎は違った。求めているのはやはり事件である。

「いいじゃねぇか。事件現場をうろつくのも、アイドルのコンサートホールに入り浸《びた》るのも給料は同じだろ」

田中は原稿に視線を落としたままだ。

オールドメディアの代表格である新聞社では、いまだに手作業で当たる者が多い。田中もせわしなく赤鉛筆を走らせていた。

「こっちに戻れる方法はありませんか？」

人気のないのをいいことに、率直に聞いた。朝っぱらから人事の相談など野暮の骨頂だが、こうでもしなければ忘れ去られるような気がした。

「待て、待て、今ちょっと切羽詰まっているんだ。いや、逃げ口上《こうじょう》で言っているんじゃない。政局に繋げられそうな事案が持ち込まれている」

田中が顔を上げた。頬は削《そ》げ落ち目の下に隈《くま》を作っているが、双眸だけはギラギラ輝いている。典型的なスクープ中毒者の表情だ。

「また、総理夫人がなんかやらかしましたか？」

政権のアキレス腱が官邸や党本部内ではなく、公邸にあるというのが現政権の特徴だ。とにかくじっとしているのが苦手な夫人なのだ。

「いや、そんな週刊誌ネタじゃない。官邸、経産省、大手広告代理店の癒着だ」

聞いただけで、胸が躍る話だ。

「例の事業持続化給付金の委託問題ですね」

一般社団法人『事業デザイン推進協会』をトンネルにして、大手広告代理店雷通《らいつう》が給付の実務を行うという件だ。

契約を取った一般社団法人は二十億ほど中抜きして、あとは雷通に丸投げしている。そもそもこの一般社団法人自体が経産省と雷通ＯＢの理事たちによって運営されている。

「政権末期の兆候だが、これに関するリークネタがどんどん入ってきている。いま片《かた》っ端《ぱし》から裏を取っているところさ」

「なにか手伝いましょうか？」

手伝いたくて、しょうがなかった。

「いや、首を突っ込まんでくれ。この案件には、いずれ政治部、経済部、それに二階の方からも圧力がかかってくる。おまえさんに迷惑がかかるだけだ」

田中が額に滲《にじ》む汗をワイシャツの袖で拭いながら言う。二階には広告営業部と事業部がある。雷通の影響下にある部署だ。そして、学芸部はその広告事業部とタッグを組むことも多い。毎朝新聞が主催あるいは協賛するイベントの多くは、雷通が運営しており、その協力の見返りとして学芸部は、雷通の絡む映画、演劇、コンサートの提灯記事を書く。

ある意味、ペイドパブ（有料記事）に近い行為だ。

「もっとも学芸部じゃ、協力するにしてもネタの拾いようがありませんけどね」

川崎は頭の後ろを掻きながら、ぼやいた。

「そう焦るなよ。部門に限らず、歩いているうちに棒に当たるのが記者だ。スクープなんてのは、取りにいって取れるもんじゃない。運が左右する。人事も同じだ。学芸にいても事件記者の目を持っていさえすれば、必ず何かに当たる」

田中はそう言うと、視線をふたたび原稿に落とした。これ以上いては邪魔になる。川崎は通路へと戻った。

いったん学芸部の前を通り過ぎ運動部の前へと進む。開幕したばかりの大リーグでは早くも二刀流の日本人選手が活躍しているようだ。

コロナ禍にあって数少ない明るいニュースだ。

かつて全裸で走り抜けた通路を逆方向にぶらぶらと歩いた。

習慣で、ついつい経済部の方を見やる。部長席に中沼靖男の姿はなかった。兜町《かぶとちょう》担当の記者がふたり上がってきていた。前場の分析をしているようだった。景気回復の実感はないが株価だけは上昇傾向にある。ある意味不気味な状態だ。いつでも暴落する要因が揃っているからだ。

政治部は、バイトしかいなかった。

記者のほとんどが官邸や与党本部、各省庁の記者クラブに張り付いている時間帯だ。

Uターンして学芸部に戻ると、数人の記者がパソコンに向かっていた。夕刊用の記事を書いている最中のようだ。

「川崎、夕方、桜町テレビにいってくれないか。秋の新作ドラマ『女王刑事《デカ》』の制作発表だ」

本日のデスクの小林晃啓《こばやしあきひろ》に命じられた。小林は本来文芸担当だ。いわゆる作家番。その筋から映画化やドラマ化のネタをいち早く取得してくるので、映画担当や音楽担当にとっても有り難い存在だ。

このドラマの原作者も小林の担当だ。

ＭＣＢテレビのドラマ制作部に、盛んに売り込んでいたのも小林だった。

「うちが、桜町の番宣をやるんですか？」

「雷通絡みで、二階から上がってきた。来週、主演女優の独占インタビューをもらう。その事前取材だと思ってくれ」

それならまだわかる。

川崎は頷いた。桜町テレビへいくのは、気づまりではあるが、仕方がない。


夕方五時。カメラバッグを担いで桜町テレビに赴いた。

エントランスの正面。半円形の受付の中に、五人の受付嬢のひとりとして、酒井奈美も座っていた。揃いの帽子と制服姿だったが、川崎の視線は奈美に吸い寄せられた。奈美も気づいたようで、照れくさそうな表情をした。

とっさに川崎の網膜に、奈美の秘裂が浮かぶ。指がずっぽり入った光景だった。

入構登録用紙に取材であることを書き込み、入館希望者の列に並ぶ。すでに十名ほど並んでいた。

受付へはアトランダムに進んでいくのだが、神の采配《さいはい》か川崎は奈美のもとに進むことになった。

首からぶら下げる入構証と共に、一片のメモが渡された。

【電話くださぃ】

きちんと携帯番号が記されている。川崎は頷いた。無視はできなかった。

三階にあるGスタジオにいくと、すでに多くのマスコミが集まっていた。ドラマタイトルは『女王刑事』。主演は元宝塚の男役スターだ。

元SM嬢が刑事になって活躍する話だが、警棒の代わりに鞭を巧みに使うというのが見せ所らしい。

司会者の女性アナがひととおりドラマの内容を説明し、出演者たちを紹介した。スポーツ紙やテレビ誌の記者たちが、作品や出演者たちを持ち上げるような質問をし、場を盛り上げた。こうした会見では、あらかじめ幹事社が決められ、質問を取りまとめている。

全国紙の記者は特に質問はしない。

スポーツ紙や週刊誌ほど、会見を即時的には伝えないからだ。ドラマのプレビューを見たのち、印象論を書き上げるのが全国紙の文化欄の特徴だ。

会見に続いて主演女優が鞭の腕前を披露した。

鞭の尖端を缶ビールに絡ませて、鮮やかに手に取ったり、五メートル先にある模造拳銃を弾き飛ばしたりしてみせた。

まるでかくし芸のようだが、このドラマに賭ける女優の意気込みは充分に伝わってきた。

アトラクションが終わり、出演者たちが引き揚げ、スタジオ内で軽食が振る舞われた。マスコミに対する接待の場でもあるわけだ。

そして最後には、簡単な土産物がつく。局名入りのグッズがほとんどだが、ときには主演女優や俳優が所属する事務所が、菓子折りをつけたりもする。

帰り道のカフェで、この手土産の品評会をする品のない記者たちも多い。他の事務所の方が高額だったとか、年々、手土産のレベルが下がるとか、そんな話だ。

含羞《がんしゅう》ということを知らない彼らは、そんなことを言いながらカフェで記事を書き、送信すると同時に菓子折り以外の資料はすべて破棄して、次の取材現場へと向かう。人気アイドルの握手会などの取材では、主催者側の動員数を、鵜呑《うの》みにして公表する。見た目に五百人しか客がいなくても、主催者が約二千人と言い張れば、二千人と書く。横一線の記事となるので、読者は信じてしまうことだろう。

全国紙や総合週刊誌のように裏など取らないのだ。

ジャーナリズムを標榜《ひょうぼう》する総合週刊誌は、そうした内容でも必ず裏は取っている。○○砲などと揶揄《やゆ》されるが、取材を幾重にも重ね、記事にしているので、相手に与える打撃は大きい。

その手法を真似たのが、新聞社の調査報道だ。即時報道にはせず、ひとつのテーマをじっくり掘り下げ核心に迫るというものだ。

ゴシップやスキャンダル目当てではないのが、唯一の違いだ。

一時間後、エントランスに戻ると、すでに奈美の姿はなく、中年の警備員がひとり座っているだけだった。

4

「私たち、やるしかないと思います」

午後七時。

川崎は中野にある奈美のマンションに上がっていた。取材用のカメラバッグを肩から下げたままだった。

奈美に電話をすると、どうしてもきて欲しいというのだ。こなければ、自分は桜町テレビの受付を辞《や》めるという。思いつめた声だった。

急いで駆け付けると、いきなりそう切り出されたのだ。

「はい？」

「やってしまった方が、まだすっきりします」

毅然としている。毅然としているが、ベッドの脇で部屋着らしい紺色のコットンワンピースを脱ぎ始めた。奈美がそのまま続けた。

「私、今日、一日中、モヤモヤしていました。それでも月日が経つうちに忘れてしまうと思ったんですが、川崎さん、きちゃうんですもの。もうこれはシロクロつけるしかないな、と」

「俺は、他言なんかする気ないぞ。こっちこそこっぱずかしい思いをしたんだ」

頭を掻いた。

「威勢よく、飛ばしていましたね。ガラス越しに精子を見るのって初めてでしたよ」

素っ裸になった奈美が、ベッドにもぐりこみながら言う。小バカにしたような目だ。

川崎としても羞恥《しゅうち》が込み上げてくる。

「あんたの裸が、シルエットになって映っていたんだ。その気になるなという方が無理だ」

弁解した。

「だったら、どうしてバスルームに入ってきて抱いてくれなかったんですか。ガラス越しに射精した男と、指を突っ込んだまま尻もちをついている女とどっちが恥ずかしいと思っているんですか！」

奈美が、夏用のタオルケットの端を摑み、眉間に皺を寄せた。

それは、どっちもどっちだろうと思ったが、口を噤《つぐ》んだ。オナニーを見られるというのは女にとって最悪のことらしい。

「わかった」

川崎は覚悟を決めた。

昨夜から着たままのスーツを一気に脱ぎ、タオルケットを捲った。

「私、昨日、周子ママの店にいた頃から、もうムラムラしてしょうがなかったんです」

川崎に甘えるように、奈美が胸に顔を埋めてくる。

「まぁ、あれだけ下ネタを振られたら、そうなるかもしれないな」

「パンツの中はぐちょぐちょだろうって言われたとたんに、濡れちゃったんです。ホント情けないわ」

「いまはどうなんだ？」

川崎は、奈美の足首を取り、いきなりまんぐり返しにしてやった。

「ああんっ」

中心部がぱっくり割れて、桃色の陰唇が溢れ出てきた。昨夜から網膜に焼き付いていた秘割れの大アップだった。

言葉よりも先に唇が出た。蕩けた肉饅頭にむしゃぶりつく。花をべろべろとやった。

「あふっ、ひゃほっ、うはっ」

奈美が腰をくねらせた。川崎の発情スイッチも一気に上がった。

「挿し込むぞ」

「はい、お願いします」

奈美が顔を真っ赤にして言う。羞恥の極みにいるのだろうが、それ以上に、セックスに持ち込みたいのだろう。

実は自分も同じ気持ちであった。

セックスをしてしまうことで、昨夜の『こっそり自慰』が帳消しになるような気がする。

だから、いろいろ奇をてらわずに一気に奥まで挿し込むことにした。

秘孔に固ゆで玉子のように膨張した亀頭を宛《あ》てがうと、あとは一気に挿し込んだ。

「あぁあああああっ」

棹の全長が見えなくなるまで挿入すると、奈美の喘ぎ声も長く伸びた。ぴっちりと包まれた柔肉に、抗《あらが》うように腮を上下させた。ずんちゅ、ずんちゅ、と肉が擦れる音がする。

「はうぅう」

「どうだ、少しは気がすんだか？」

ピッチを上げながら聞いた。

「はいっ。やった相手にならなら、自慰を見られてもいいと思うんです。後先が逆でも、川崎さんは、私とセックスした人になりますから」

それだけ自慰を覗かれたのは羞恥らしい。いや男も同じだ。

「なら、俺もまずは、欲求に任せていいか。一回出したら、次は優しくする」

と川崎は、一気に突き動かした。

「はいっ、どうぞ、思い切りやってくださいっ」

奈美も恥骨《ちこつ》を打ち返してきた。

相手を楽しませるというよりも、お互い欲に溺《おぼ》れるように、土手を打ち合った。

「んんんっ」

切迫感はすぐに押し寄せてきた。太腿にいくら力を入れても、亀頭の尖端を締めることは不可能になってきた。

「あぁああ」

察したように奈美もしがみついてくる。

「出るっ」

「どうぞっ」

ぐっと肉層を締められた。途端にしぶいた。

「あぁあ、私も、私も昇《い》きます」

背中に回した奈美の細い指に力がこもった。心地よい痛みだった。

一戦終えて、お互いぐったりとなった。

「窓を少しだけ開けてくださいな。換気を……」

額に汗を浮かべたままの奈美が言う。

そういうことを気にかけねばならない時世だ。

頷き、ヘッドボードの上に手を伸ばし、窓をわずかに開けた。

通りを隔てた向かい側のマンションが見えた。立派なタワーマンションだった。

こちらは最上階だが、向かいのマンションの真ん中あたりの階と同じ高さだ。何気なく窓辺を見て、川崎は動転した。

レースのカーテン越しに毎朝新聞秘書課の黒沢七海の姿が見えたのだ。かつて、社内で川崎とやった女だ。いまは専務秘書になり、最上階の役員フロア勤務となっているので、川崎と顔を合わせることは、ありえなかった。

その彼女がトレイに載せたビールを運んでいる。

窓辺のテーブルを四人の男が囲んでいた。窓を二十センチほど開けてから、ベッドを飛び降り、カメラバッグからニコンを取り出した。デジタルだが四十二倍ズームがついている。

「奈美、すまんが、ちょっとこの窓を借りるぞ」

ベッドに戻り、四つん這いになってカメラを構えた。液晶に鮮やかに室内の様子が浮かび上がった。肉眼ではわからなかったが、男たちは麻雀をしているのだ。

背中を向けている男が、七海に顎をしゃくった。横顔が見えた。経済部長の中沼靖男だ。愛妾《あいしょう》宅で、接待麻雀をしているということか。

「川崎さん、やっぱり覗きの趣味があるんじゃゃん」

下から睾丸をあやされながら言われた。説明するのが面倒なので、シャッターを切り続けた。

そろそろ終了なのか、中沼の左右に座っているふたりが財布を取り出した。紙幣を一枚雀卓に置いている。賭け麻雀だ。

中沼と対戦している三人の顔をアップで撮った。全体像も撮り終える。奈美が、亀頭を握りながら液晶画面を覗いてきた。

「あらま、これ藤森《ふじもり》さんだわ」

右手の男を指して言う。目を丸くしていた。

「知っているのか？」

「雷通の事業局長さん。局によくきますよ。いちいち申請はしないフリーパスを持っているんですけど、みんな顔を知っていますから」

毎朝の経済部長と雷通の事業局長。何を話しているのか。

他のふたりは誰だ？

川崎は、ただちに写真を社会部の田中清吾の個人用スマホに送信した。

五分ほどで着信があった。

「川崎、こいつは正真正銘のスクープだ。うちの部長の正面にいるのは草柳宏樹《くさやなぎひろき》、経産省ＯＢで『一般社団法人・事業デザイン推進協会』の常務理事。左手は人材派遣会社『ペルソナ』の代表取締役、大蔵正道《おおくらまさみち》。四人はＴ大法学部の同級生。こいつは凄いぞ。例の国会で追及されている持続化給付金の中抜きを主導した当事者と人材派遣会社のペルソナだ。ペルソナはさらに、給付受付の実務を請け負う予定になっているはずだ」

田中の声が弾んでいる。

「うちが書けますか？」

「書くさ。書かなきゃ、週刊誌に抜かれると脅してやるさ」

「その後はどうなります？」

「発注の見直しを迫られるだろう。常務理事は賭け麻雀で引責辞任だ。あの協会は今後当分使えなくなる。そしてうちの次期編集局長は社会部長の小萩山《こはぎやま》で決定だろう。そうすると、お前が戻ってくる枠が空く」

田中の部長昇任の目も濃厚になったということだ。

今夜は据え膳を食って成功だったということだ。

もう一度、奈美とセックスをし直した。

今度は、キスから始め、じっくりと攻めてやった。奈美は何度も狂乱し、自分から積極的に川崎に奉仕してくれた。

翌日、朝食を作ってもらい奈美の部屋を出るときには、ちょっとした夫婦気分だった。こういう気持ちになるのは久しぶりのことだ。

情が入ったようだ。しばらく交際してみるのも悪くないと思った。

ところが、その朝を境に、奈美とは連絡が取れなくなった。

携帯は不通になり、桜町テレビに出向くと派遣会社を退職したという。

派遣元に聞き込みをかけると、登録していたのは二年前からで、桜町テレビの前は雷通の受付に半年入っていたそうだ。

派遣元が持っている個人情報までは聞き出せなかった。

中野のマンションは、自分を送り出した日に解約になっていた。

――どういうこった？

川崎は狐につままれた気分になった。

毎朝新聞社は、スクープと同時に謝罪記事を掲載した。

自社の経済部長が賭け麻雀の仲介役をしていたのだ、当然の謝罪だ。

中沼は、即刻依願退職した。定年まで五年を残しての退職だった。毎朝新聞は民間企業なので、それ以上の追及はしないだろう。

レートの「テンピン」は、サラリーマンのささやかな楽しみの範囲である。

＊

その後、一週間たっても、奈美の行方がわからないので、川崎は二丁目のバーに顔を出した。

その夜も、周子ママがひとりだった。

「新聞、見たわよ。毎朝さん、凄いスクープだったね。あれで雷通と事業デザイン推進協会との癒着の捜査、誰にも止められなくなったということね。これから警視庁の捜査二課と国税が一気に動くでしょう。もちろん検察の特捜もね」

言いながら、フォアローゼズを注いでくれた。

ママの目が二課時代の刑事のものになっている。

何か雰囲気がおかしい。

「やけに先を読むじゃないか」

川崎はフォアローゼズの入ったロックグラスを受け取りながら、周子ママを睨みつけた。

「だってあの社団法人、贈収賄の温床《おんしょう》だったと思うのよ」

周子はサーバーからビールを注いでいる。その手が軽く震えている。やけに挙動不審だ。

「ママ、二課が動いていたのを知っていたんだな？　この店、ひょっとして？」

警視庁の直営店、と続けようとして、川崎はその言葉を呑み込んだ。それこそ野暮というものだ。

警視庁及び各道府県警本部は、管轄下に情報収集用の隠れカフェやバーを経営している。

企業のアンテナショップのようなものだ。

ママが元刑事という時点で気が付くべきだった。とりわけコミカルな化粧は、その本性を覆い隠すためのものだったというわけだ。

「飲み屋は情報の交差点よ。うちにやって来る刑事や役人たちの会話を聞いていれば、おのずと世情は知れるわよ」

周子は、遠回しに認めた。

このおっさんはまだ現役の刑事なのだ。

「二課がマトにかけていた事案なんだな？」

川崎は語気を強めた。

「まあね。官邸スタッフに近すぎて、二課も検察も手を出せずにいたのよ。でも、こういう報道がされたら、もはや官邸も簡単に握りつぶせないわ。まもなく逮捕者がボロボロ出てくるでしょうね。これ結構大きな疑獄に繋がるわよ」

とんでもないスクープを拾ったのだと、川崎は改めて奈美との縁の深さを感じた。

「ところで、桜町テレビの受付をやっている彼女のことを知らないか？」

「さぁ、次の任務まで、長期休暇でしょうね。川崎さん、まだ気がついていないのね」

周子が、大げさに肩を竦め、口をへの字に曲げた。

「任務？」

驚いて聞いた。

「まぁ、飲みなさいよ」

周子が、覚悟を決めたような顔をした。

「なんか腑に落ちねぇな」

川崎はカウンターを拳《こぶし》で叩いた。

「酒井奈美は、国税庁のGメンなのよ。国税と私がいた捜査二課はよく手を組むの。あっ、彼女の本名は言えないわよ」

すまなそうな顔で言われた。

「えぇーーーーー」

驚きの音引きを、永遠に続けてしまいそうな気分だ。

思えば、最初にこの店で、川崎が公安か内調ではないかと冗談で聞いた際に、彼女はやけに驚いた顔をしたものだ。

そして周子はまだ捜査二課に関与しているということだ。

「まさか、ママ、俺を嵌めたんじゃないだろうな？」

川崎は目を剝いた。

「いやな言い方ね。あれも据え膳のひとつよ。据えたら、あんたが食べた。さっ、夢から覚めて、事件を追うことだけを考えなさいよ。あ〜ぁ、事件記者が恋に落ちたなんて、洒落にもならない。野暮はよしてちょうだい」

周子が高らかに笑い、生ビールをグイッと空けた。

「ということは、あの夜に入ってた男客もエキストラだったのか」

川崎は、初めてこのバーで奈美と会った日のことを思い浮かべて言った。奈美が来たすぐ後に、ふたりの紳士がやって来た。

「警視庁《ホンシャ》の二課の後輩たちよ。奈美にあなたを落とさせて、なんとかスクープさせる算段を練っていた仲間。あなたたちが出ていった後に、奈美が失敗した場合の次の手を、検討していたのよ」

「成功したという知らせは、いつ入った?」

「新宿のラブホから出た直後。いずれ局で再会出来るだろうって。仕掛けはそこまで待つことになったけど、あなた案外早く、桜町テレビに行ったみたいね」

「それは偶然だがな」

いずれせよ、行ってはいたと思うが、翌日に行ったのはあくまでも偶然である。

「偶然も、戦略の中では計算されているの。こちらとしては三週間以内とみていたわけだけど」

周子が手の内を明かしてくれた。川崎を仲間とみなしたからだろう。

「もうひとりいた桃若という元自衛隊員も仲間か？」

「もちろん。元自衛隊といえば、戦車に乗っているイメージの方が強いと思うけれど、桃若は防衛省情報局の工作員。今回のミッションには関係していないわよ」

ここは、とんでもないバーなわけだ。

「桃若は、日頃は何を探っているんだ？」

川崎は、眼に力を込めた。

「聞くからには、覚悟しているんでしょうね」

周子が、川崎と同じサイズのグラスをふたつ取り出しながらフォアローゼズをなみなみと注ぎ始めた。

「どう覚悟をすればいいんだ？」

川崎は切り返した。

「うちらの仲間に入るってことよ」

周子がウインクした。

「俺はノンケだ。そっちだけは勘弁してくれ。マスコミ人として性的差別にはとことん反対だが、俺がノンケだという権利は尊重して欲しい」

川崎は無意識に、尻を押さえた。

「バカね。そっちじゃなくて闇機関の仲間になるってことよ」

周子が、ふたつのグラスにフォアローゼズを注ぎおえた。

「闇機関？」

川崎は片眉を吊り上げた。

「通称『桜機関』。警察庁と防衛省と内閣府の合同出資による諜報機関。在野に置かれた非公式組織よ」

小説か映画のような話に思えた。にわかには信じられないが、否定すれば、話はここで途切れる。

「なぜ、そんなことを俺に打ちあける？」

「報道機関の協力者を発掘するのが、うちらのミッションのひとつだったから」

「それで俺がマトにかけられたわけか？」

川崎は、再びバーボングラスの縁を舐めた。まだ乾杯という雰囲気ではない。

「奈美が、あなたとの行為を記録しているのよ」

そうきたか。

「見たいものだ」

川崎は、突っ込んだ。本当かどうかわからないからだ。

周子がスマホを取り出した。

「ほら」

動画モードにして見せてくれる。新宿のラブホのシーンだった。しかもバスルームのスクリーンの前で、自分が棹を擦っているシーンだ。

市川團十郎の『睨み』で堪え、次の瞬間、放精し写楽の『三世大谷鬼次の奴江戸兵衛』の顔になるまでを見せられた。間抜けこの上ない。

「まいったな。セックスしているシーンの方がよほどマシだ」

「奈美もバカじゃないわ。中野の自宅では録画していない。あの子もオナニーがもとで桜機関に入ったんだけどね」

「国税庁のGメンも必要だったわけか」

「そういうこと。でもわざと引っかけたわけじゃない。隣のレズバーで、悪い女に引っかかったのよ。相互自慰をしようと持ちかけられて、ついうっかりやってしまったところを撮影された」

「それで、脅された？」

「そういうこと。相手は奈美が国税の職員だと知って近づいた女詐欺師だった。うちの店で、泣いて告白されたので、助けることにしたわけ」

周子が胸を叩いた。ゴリラのドラミングに見える。

「その女詐欺師はどうなった？」

小説よりも面白い話だ。

「南シナ海に沈んでいると思う」

「東京湾じゃないんだ」

川崎はチャチャを入れた。どうしてもまともな話には思えない。

「あの辺りはダメよ。すぐに漁船が発見しちゃう。いっときはロシアへの当てつけに、アリューシャン列島も流行ったけれど、あのあたりだと氷漬けになって死体が腐乱しにくいのよ。身元がバレちゃう。ということで、いまは南シナ海がトレンド。政府方針にも合致するから、捨て放題」

「ホントかよ」

川崎は呆《あき》れて、頭を掻いた。

「信じるも信じないも勝手だけど、あなたがオナニーして射精するシーンを国家が所持していることを忘れないで」

周子がスマホの動画をオフにした。

「俺は、そんなもの暴露されたところで痛くも痒くもないぜ」

川崎は啖呵《たんか》を切ったつもりだが、周子はせせら笑った。

「すでに編集局の防犯カメラに全裸で疾走するシーンを撮られているものね。でも、よく考えることね。あなたは生粋の事件記者。そこから外れたら、生きがいを失《な》くす人よ。私たちと組んでくれたら、その生きがいは、倍増するわよ。紙面に反映するだけじゃなくて、巨悪そのものを倒せるんだから。どぉ？　真実追求のために働いてみない？　報酬は、別途出るわよ」

周子の勧誘に川崎はため息をついた。

正直、どうしていいかわからない。

仲間になること自体が、取材ともいえた。ただし、本当に腹を括《くく》らなければなるまい。

「すぐに、いろんなミッションがあるわけじゃないのよ。新聞社の機能とか、あなたの記者としての取材力がどうしても必要になった時だけ、依頼のメールを入れることになるの。それ以外は、桜機関のことは忘れて、記者としての仕事に没頭していてくれたらいいの」

周子の目は真剣そのものだった。

断る理由はさして見つからない。川崎は天井を仰いだ。

「確認と条件がひとつずつある」

天井から降ってきた言葉をそのまま告げた。

「ここに来て、駆け引きするのは、品がないわよ。報酬は国の予算だから、私にはどうにもならないからね」

「俺は、そんなに卑しくない」

「じゃあ、言ってごらんなさいよ」

「確認だが、俺の通常取材の邪魔はしないんだろうな」

重要な問いだった。政権にとって都合の悪いスクープを扱うこともある。

「もちろんよ。桜機関もそれほど卑しくはないわ。場合によっては、協力もする」

周子があっさり答えた。

信じてもよさそうな目をしていた。

「なら、条件はひとつだけだ」

川崎は、ゴクリと生唾を飲み込みながら言った。

「な、何よ、いやらしい目をして」

周子が訝《いぶか》し気に睨み返してくる。

「一瞬でいいから、奈美のオナニー動画を見せてくれ」

周子が大きくのけぞった。

「見せてくれないなら降りる。一生を棒に振ってもいい」

きっぱり言った。

「そ、そんなに、奈美に惚れちゃったんだ？」

「そういうわけでもないが、どうしても見たい」

川崎はゴリ押しした。本当にその動画が存在するのなら、見せてくれるはずだ。

沈黙が十秒ほど続いた。刑事と記者の息苦しいバトルだ。

「わかった。見せてあげる。一回きりよ」

観念したように、周子がスマホをタップした。

「これよ」

動画が流れた。奈美の声が聞こえた。

「あぁあん、私、クリトリスと穴を同時に責めるのが大好きなの。ぁあん、いや、ひゃほっ。千里《ちさと》ちゃんの穴の中も見せて。うわっ、どピンク。うらやましいわ。あついっちゃう」

右手の親指と人差し指で女芽《メメ》を摘まみ、左手の人差し指と中指を秘孔に突っこみ、出し入れしている奈美の姿がアップにされていた。

川崎は一瞬で、勃起した。

「はい終わり。あんた二丁目で勃起したらノンケじゃ通用しないわよ」

周子がスマホを閉じた。

「わかった。納得した。協力しよう。ただし、俺の自慰シーンは誰にも見せるな」

念を押した。

「桜機関の協力者になってくれるわね」

周子も念を押してきた。

「承知する」

「よかった。じゃあ、乾杯ね。桃若ちゃん、出てきてよ」

周子が酒棚の方を向いて叫ぶと、横の扉が開いて、桃若が出てきた。今夜はきちんと男性用のダークスーツを着ている。化粧を取った顔は、目鼻立ちのくっきりしたイケメンだった。実年齢は川崎と同年代のようだ。

「僕は、もともとノンケだったんですけどね。任務で受けたら、すっかりはまっちゃいまして」

笑顔でバーボングラスを受け取っている。

「防衛省も酷な任務をしいるな」

「まぁ、性的指向を見抜いていたんでしょうね。実は、各国の諜報員には、性的マイノリティの者も多いんです。あえて選出されたともいえるでしょう」

「あえて、選ばれている？」

川崎は聞き返した。

「ハニートラップに引っ掛かりづらいからですよ。普通、男には女をぶつけてくる」

桃若がニヤリと笑った。

「なるほど」

「で、この街には、素顔になってやって来る諜報員も多い」

「そういうことか」

川崎は納得した。新宿二丁目は世界の諜報員の交差点でもあるわけだ。

「それなら、新メンバーの加入を祝って、乾杯しましょう」

周子の音頭で三人がグラスを合わせた。

指令が来るのが楽しみだ。

川崎にとって、まったく新しい記者人生が始まった瞬間だった。

雪化粧

1

雲を抜けると、忽然《こつぜん》と雪原が現れた。その中央にくっきりと黒い滑走路が延びている。

降雪地帯の空港でありながら、日本一の作業速度を誇る空港除雪隊——通称『ホワイトインパルス』の手によって、三千メートルの滑走路は常時キープされているのだそうだ。本州最北端に位置する空港である。

「六年ぶりか」

川崎は、窓外を見やりながら、独《ひと》り言《ご》ちた。

『いま時分の青森は、とても静かでいいですよ』

涼子の艶やかな声が耳もとに蘇《よみがえ》る。一週間前のことだ。

六年前に来たのは夏。ねぶた祭の時期である。川崎が系列スポーツ紙の毎スポに出向中の際のことだった。

しかもアダルト面の担当だった。

その取材で出会ったのが、涼子だった。

数か月後、川崎は、同じく毎朝新聞の系列であるパレスサイド出版に転属になり、週刊誌『マンデー毎朝』の芸能班記者となる。

毎スポのアダルト面担当へ出向させられていた時代、涼子のおかげでスクープが取れたのが、その後の順調な復帰への足掛かりとなった。

それがきっかけで、徐々に本紙社会部への復帰への道が開かれた。

毎朝本紙に戻ってからは、しばらく学芸部に配属になっていたが、昨年めでたく社会部復帰を果たした。

引き戻してくれたデスクの田中が、社会部長になり、それまで社会部長だった小萩山が編集局長のポストに就いた。

川崎は小萩山派のラインに乗ったことになる。

復帰した社会部では、てっきり警察《サツタン》担当に戻ると思っていたが、部長の田中に調査報道班に入れと命じられた。

調査報道とは、発表されたニュースを追うのではなく、一定の事案を掘り下げ、その深層にあるものを告発するような記事を作ることだ。

週刊誌の特集に似ている。

川崎は現在、特殊詐欺《さぎ》の金の行方に関して調査中であった。

半グレを中心とした詐欺犯は様々な手口でカネを巻き上げるが、グループの中枢を逮捕しても、金自体は消えていることがほとんどだ。

たとえ警察が犯行グループを摘発し、刑事罰に追い込んだとしても被害にあった金が回収されることはほとんど皆無だ。

警察は容疑者を見つけ出し逮捕するまでが仕事であり、被害の回復は、個人の努力となる。ところが被害者は、詐欺グループの背後にある暴力団の報復を恐れて、民事訴訟すら起こしたがらない。この不条理を、紙面を通じて知らしめたい。

そんな意気込みで調査取材を進めている。

とはいえ、わざわざ休暇を取って、青森に来たのは別件のためである。

社会部に復帰したら、ぜひもう一度、検証しなおしたい事案があった。

六年前に出会った笹川涼子とその夫の事件である。

『青森ほほえみ信用金庫理事長強姦致傷事件』

理事長の藤林健太郎が、部下の融資課長笹川正明の妻である涼子に市内の合浦公園で性的暴行を加えた事件だ。

理事長の逮捕から、過剰融資体質が発覚し、信金は廃業ぎりぎりにまで追い込まれた。

後任の小口省吾理事長のもとで、融資の見直しや預金獲得の大キャンペーンがなされ、財務体質はこの六年で相当改善されたと聞く。

横領の方はどうなった？

この事件には、川崎だけが知る別な事案が絡んでいる。

藤林前理事長や県庁、県警の幹部らが、市内の外国人パブでチリ人やアルゼンチン人のホステスに入れあげ、信金の金を横領していた事実だ。

藤林は、そいつを涼子の夫である融資課長、笹川正明に、反社への迂回融資という名目で押し付けようとした。

そうなる伏線はあった。

涼子の学生時代の援助交際の相手に藤林がいたのだ。

ふたりは結婚披露宴の席で再会し、以後、夫婦ともに藤林の奴隷となった。昭和のメロドラマのような話である。

川崎は、涼子を助けた。涼子の境遇を憐《あわ》れんだからだ。

藤林が合浦公園で涼子を襲ったのは、川崎が、そう見えるように仕掛けた罠であった。実話誌のグラビアでよく使うヤラセ撮影を応用したまでだ。

お陰で事件はうやむやになった。

笹川正明は汚名を着せられることなく退職、過去を隠し続けた仮面夫婦であったが、離婚も成立している。

笹川は現在海外の金融機関に再就職しているということだ。

涼子は、旧姓の篠崎《しのざき》に戻り、ひとり青森市に残っている。ねぶた絵師を続けているそうだ。

横領した金は、本当に溶けてしまっているのか？

川崎は、ずっとこの疑問を抱えている。当時、深掘りしなかったのは、スポーツ紙に出向中だったことと、経済部や政治部の立場を考慮し『県幹部の関与には触れるな』という指示が、当時デスクだった田中からあったからだ。

あれから六年経った。マンデー毎朝、学芸部を経て社会部へ復帰出来た。現在は調査報道班で働いている。

書くか、書かないかは別として、現在の涼子と会ってみたくなった。

わざわざ休暇をとって、この極寒の町にやって来たのは、そのためだ。

青森便の乗客は約三十パーセントだった。

新型コロナウイルス感染拡大による、移動の自粛もさることながら、二〇一〇年に、東北新幹線の新青森駅が開業して以来、航空機利用者は減っているそうだ。東京駅から青森市内にダイレクトに入るには、その方が便利なのかもしれない。

だが、川崎はあえて空《す》いていると踏んで空路を選んだ。密を避けるためだ。

空港ロビーを出ると、頬を刺すような寒風に襲われた。さすがマイナス三度だ。

目の前の駐車場は一面が雪で覆われていた。

たぶん、駐車料金が安いのだろう。ここに愛車を駐車したまま、東京や大阪にフライトする客も多いようだ。

数日間放置されたと思われる車が二十センチほどの雪を被っており、雪洞《かまくら》のようだった。

タクシーに乗り込んだ。

「浅虫《あさむし》温泉まで。どれぐらいかかるかな」

「雪道だはんで《だから》、一時間半ぐらいは、かかるべな。青森駅さ行って電車乗った方が早ぐねが」

頭頂部がすっかり禿《は》げあがった老運転手が、日本一難解と言われる津軽弁でいってくる。

「いや、ホームで電車を待つ方がしんどそうだ」

「んだな。したら、行くべ」

老運転手がにやりと笑い、アクセルを踏み込んだ。古い国産セダンが、シャーベット状の雪を撥《は》ねあげながら、青森市内へと坂道を下り始めた。

三十分ほどで市の中心部にたどり着き、国道四号線に入る。

除雪が行き届いていた。

ほどなくして思い出の地、合浦公園の前を通過した。

笹川涼子と藤林健太郎の野外痴態を、スクープした公園だ。さすがにいまの季節では青姦するカップルもいないだろうが、あのとき見た光景はいまも網膜に焼き付いている。

初老の藤林の黒く太い陰茎が、深々と涼子の亀裂の中に埋め込まれ、出没運動を繰り返していたのだ。

ヤラセではない、本気の素人同士の性交を、肉眼で見るのは初めてで、記者にあるまじき興奮と発情を覚えたものだ。

その公園もいまは吹雪《ふぶき》の中だ。

タクシーは、四号線を、慎重に進んだ。白い空に白い道路。フロントガラスの先に舞う粉雪は、幻想的でもある。

低い建物が続くので、余計に空が広く、白さが強調されている。

　この国道四号線の左右にある建物は、ほとんどが築五十年以上のものばかりで、夏場に見たときは、単に老朽化した街並みという印象だったが、すっぽりと雪に覆われた光景は、昭和の原風景をそのまま見ているようで、心が落ち着いた。

　雪は襤褸《ぼろ》も喧騒もすべて鎮めてくれるようだ。

　界隈のほとんどの住宅の横に、関東では見慣れないタンクが付いている。不思議そうに眺めていると老運転手が教えてくれた。

「こっちでは、エアコンなんかじゃとっても間に合わない。灯油ストーブだな。それも東京みたいにポリタンクで買っていたんじゃ、手間がかかり過ぎてしょうがねべさ。どこの家にも灯油タンクがある。電話一本で灯油業者がタンクに給油に来てくれんだわさ。それとFF式灯油ストーブは雪国では常識だ」

　家庭用灯油タンクとは、さすがは雪国だ。

　こっそりスマホで検索すると、FF式灯油ストーブとは強制給排気なのだそうだ。壁の外に出た筒で、すべて給排気を行い室内はクリーンに保たれるらしい。

　国道を一時間ばかり走ると、曲がりくねった海沿いの道に出た。

　陸奥湾《むつわん》だ。

　下北《しもきた》半島と津軽半島に抱かれるような形になっているため、湾というより大湖の趣がある。

視界左手に、島があった。湘南《しょうなん》の江《え》の島《しま》に似た形の島だ。

「あれは？」

川崎は窓外を指さした。

「湯《ゆ》の島《しま》さ。夏場なら夕陽さ映《は》えて、なかなかなもんだがな。したけんど真冬だば、風情《ふぜい》もへったくれもねぇべしな。ただの雪山だべさ。お客さん、もうじきだ」

老運転手は、自嘲的にそう答えたが、余所者《よそもの》の眼には、むしろ海に浮かぶ雪山は風情がある。川崎は、そう思った。

ほどなくして旅館に到着した。

『北奥館《ほくおうかん》』。川端康成《かわばたやすなり》の小説に出てきそうな、木造二階家の古い旅館だった。

ボストンバッグひとつ持って、表玄関を入った。間口の広い三和土《たたき》の向こうに磨き抜かれた飴色《あめいろ》の上がり框《かまち》があった。

女将《おかみ》と仲居が、正座していた。

「遠路はるばる、よく来てくれました」

八十をとうに超えていそうな梅干し顔の女将が、深々と頭を下げる。

そのまま起きないのではないかと思った。

「案内は私が」

真横に座る紺絣《こんがすり》に紅帯《べにおび》の仲居が、すっと立ち上がった。

色白で整った顔立ちの持ち主だ。

歳の頃、二十五、六。

全体として肉付きのよい女だった。右目の下の泣きボクロが妙に色っぽい。

「よろしく頼みます」

川崎は、ボストンバッグを預け、框に上がった。

「駒代《こまよ》と申します」

仲居が先に立って、幅の広い階段へとむかう。

「ずいぶんと古風な名前だな」

「よく言われます。父が将棋好きで、それで駒。ひどいですよね」

駒代は、標準語だった。津軽弁のイントネーションすらない。

「青森の人じゃないようだが？」

川崎は階段を上がりながら聞いた。

「ええ、生まれは東京です。去年の秋にこっちに来たばかりです。まだ三か月ですね。原宿《はらじゅく》のアパレルショップに勤めていたんですが、コロナで雇止《やとい ど》めに遭ってしまいましてね。いっそ地方で働こうということで、ネットで募集していたこの旅館に来たのです。いまは地方で再就職した方が安全ですしね。給料は安いのですが、寮と賄《まかな》い付きですから、出費もかかりません。逆出稼ぎですね」

駒代が、形の良い尻を左右に振りながら言う。逆出稼ぎがコロナ以来のトレンドなのかもしれない。

そもそも駒代という名が、アパレルよりも仲居に向いている。

二階の廊下も広々としていたが、やたらと床鳴《とこな》りがする。

「お客さんが部屋を出ると、この音で、すぐわかるのです。お出かけかな、とか大浴場かな、って。お客さんの方も、誰かが廊下を歩いてくるとすぐわかりますし」

駒代が意味ありげに笑った。

「なるほど、来たな、と心構えが出来る」

床板が古くなっただけかと思ったが、これは、忍びの侵入に備えた江戸時代の武家屋敷と同じ発想ではないか。

「こちらです」

駒代が廊下のほぼ中央にある部屋の木製扉を開けた。八畳と十二畳の二間続きの落ち着いた部屋だった。

メインの十二畳には、エアコンの他に、壁際に巨大なストーブがあり、強烈な熱風を放っていた。おそらくタクシー運転手が言っていたFF式灯油ストーブだろう。

「ストーブは、スイッチをオンかオフにするだけでいいです。上には物を置かないでくださいね」

言いながら駒代が障子窓を開いた。

「おおっ」

川崎は唸った。眼下の陸奥湾に、雪に煙《けぶ》る湯の島が佇立《ちょりつ》していた。まるで水墨画を見る思いであった。駒代は夕食の時間を確認すると、退室していった。

廊下の床鳴りが遠ざかるのを確認し、川崎は篠崎涼子に電話を入れた。

「北奥館に着いた。冬の津軽がこれほど風情あるものとは思わなかった。正直、再会して、またやりたくなったらどうしようかと思ったけれど、そんなエロい思いも吹っ飛んだよ」

男は図々《ずうずう》しいしい生き物で、一度やった女が再会を承諾すると、またやれると思い込む節がある。

「あら、そうはいっても、お互い顔を見合わせたら、色づくかもしれないですよ」

涼子の方が挑発してきた。

すっかり標準語になっている。いや、厳密にいえば、六年前も彼女は、川崎の前で、あえて津軽弁で通していたのだ。

「そんな気もないくせに、期待させるようなことを言うなよ」

やるのは、それはそれでまずい。

「今夜は、ゆっくり旅の疲れをいやして頂戴。明日の夕方までには、伺います。私もいつかあなたが、またあの事件を掘り起こしに来ると思っていました。書くなら書くで、匿名《とくめい》でお願いしますよ」

涼子が色っぽい声で言う。やはり女狐《めぎつね》だ。

電話を切り、ストーブの脇に座布団を敷き、寝転んだ。

休暇中とはいえ、ボストンバッグからタブレットを取り出し、特殊詐欺事案の資料を整理することにした。

この取材に関しては、三名でチームを組んでいる。

川崎がリーダーで若手記者がふたりだ。

ふたりは捜査資料や裁判資料を収集すると同時に、警察の張り込みをさらに張り込むという取材も行っていた。もちろん捜査妨害にならないように、節度ある後方取材に徹したうえでだが。

若手が集めた資料をタップしていた川崎の指が止まった。

そうメモされた一枚の写真が目に留まったのだ。背景に写っているのは、池袋のホストクラブビルだ。

【池袋グループの香《かおり》】

この顔……。

たったいま出会った仲居によく似ている。泣きボクロの位置が完全に同じなのだ。池袋グループとは、三か月前に摘発された特殊詐欺集団の俗称だ。警視庁捜査二課の内偵の結果、詐欺企画の立案者たちが、池袋のクラブで会合を開いていたことが判明し、そう名付けられた。

大元は半グレ集団の『光宝《こうほう》連合』だったはずだ。もっとも詐欺グループから光宝連合へは、捜査二課も、まだたどり着けていない。

川崎は、すぐに部下の五十嵐《いがらし》にメールを入れた。

2

「なんだか、差し向かいというのも、照れくさいな」

津軽塗の膳の前に胡坐《あぐら》をかいて座り、川崎は顎を扱いた。目の前には駒代が正座している。まるで夫婦《めおと》のようである。

照れくさいを通り越してこっぱずかしい。

川崎は、備え付けの丹前《たんぜん》に半纏《はんてん》を羽織っていた。どちらも綿入りの黄八丈《きはちじょう》だ。どうにも野暮ったい感じだが、これはこれで、津軽の風情を醸し出していると自分を納得させた。

膳の上には、焼き鱈子《たらこ》に、大根とフキの煮物。本膳の前の清酒のアテだが、これもまた雪国らしい武骨さだ。

多すぎて食いきれない温泉旅館特有の懐石料理はパスして、酒肴《しゅこう》だけにしてもらっていたのだ。

「あら、奥さんでもないのに、私、真正面に座ってしまいましたね。すみません。こういうところがまだ半人前なんですよ」

熱燗《あつかん》の徳利《とつくり》を手に、酌《しやく》をしようとしていた駒代が、慌てて身体を右側にずらそうとした。

「とくにかまわんが」

川崎が、そう伝えたにもかかわらず、駒代は横に腰を寄せた。片側の膝を大きく動かしたので、紺絣の裾が割れた。瞬間的に白い太腿と脛《すね》が覗けた。

「やだぁ、これじゃまるで転び芸者みたいですね」

そう言いながらも駒代は、徳利の中身を溢《こぼ》さないように、実に緩慢な動作で膝を立て直している。膝と膝の奥から、陰毛が見えた。

まさかとは思いつつ眼を瞬《しばたた》かせたが、本当に陰毛だった。それも濃い。眺めていては、勃起してしまいそうだった。

川崎は窓外へと視線を移動させた。

夜のとばりの下りた浅虫温泉の空は、藍《あい》一色である。相変わらず、雪がしんしんと降っている。

ライトアップでもすれば、この雪も桜吹雪のように見えるのだろうが、あいにく界隈に光は一筋もないようだ。

沈黙する夜空だ。

「さぁ、お猪口《ちょこ》を」

「もらおう」

川崎は視線を戻して、猪口を差し出す。

駒代は、横すわりになっていた。裾はさらに乱れていた。白い襦袢《じゅばん》があからさまにはみ出していた。

猪口を一気に呷る。

いまどきは珍しい甘口の粘つくような味の酒だった。

「さぁ、もう一杯。雪国の夜は長いですよ。酔って熟睡してしまうのが一番です。お風呂なら、一晩中開いていますから、目覚めたときにお入りになったらよろしいでしょう」

駒代が嫣然《えんぜん》とした笑みをうかべ徳利を向けてくる。背後にはすでに夜具が敷かれていた。

「あんたも一杯やったらどうだ」

川崎は言いながら、夕方前に部下の五十嵐から返信されたメールを思いだしていた。

【香は、池袋グループの受け子のひとりでしたが、その演技力を買われて、受け子のスカウトに昇進しました。百人近い受け子をスカウトして、相当な手数料を稼いでいたようです。光宝連合の幹部の岸田《きしだ》翔太《しょうた》の情婦《おんな》だったという噂ですが、岸田は去年の十月に逮捕され服役中です。傘下のホストクラブで売り上げをくすねた店長をコンクリート漬けにした殺人未遂と恐喝と地面詐欺が重なっていますから、五年の懲役を食らっています。これによって光宝連合の権力構図が変わっているようです。香は岸田の逮捕直後に、二億円と共に消えているそうです】

駒代が香本人であれば、スクープだ。

池袋グループの構成や詐欺企画の立案者にまでたどり着ける。

「いいですよ。でも、うちでは仲居が部屋で客と飲むのは、基本ＮＧなんです。芸者さんやコンパニオンさんの仕事を取ってしまうことになりますからね。ちょっと帳場に行ってきます。五分だけ待ってください」

駒代が立ち上がった。さすが老舗《しにせ》温泉だ。花街のような分業が確立されている。

きっかり五分で、駒代は戻ってきた。手にはウイスキーボトルを抱えている。

「今夜の勤務は終わりにしました。いまから、私は客です」

静寂の中で、差しつ差されつ飲んだ。駒代はめっぽう酒に強かった。

川崎も酒には自信がある。だが三十分したところで、酔ったふりをした。

「いかん、旅の疲れが出た」

二段重ねの敷布団の上に、ごろりと横になる。

狸寝入り《たぬきねい》りを決め込んだ。

午後十時。普段ならそれほど遅い時間でもないが、北東北の鄙《ひな》びた温泉宿は真夜中に近い静けさに包まれていた。

しばらくして薄目を開ける。

駒代が、窓際で川崎のスマホをタップしていた。顔認証を試したのだろう。

やはりあの女ということか。

ならば、盗み見したメールや写真にどう反応してくるか。

「ふはぁ」

駒代が気づくように、空欠伸《からあくび》をした。自分は、駒代の行為に気づいていないふりだ。

「あらぁ、ぐっすり眠っていましたねぇ」

「すまん、すまん。せっかく相手になってくれていたのに、潰れるとは面目ない。帰ってしまってもよかったのに」

半身を起こし、眼をこすりながら言う。

「私、今夜は帰りませんよ。だって、さっき帳場で、お客さんの連れってことにしてしまったんですから」

駒代が、素早くスマホを元の位置に戻し、おどけた調子で、川崎の傍《そば》に戻ってきた。駒代も、川崎の素性が知りたくなったようだ。

　ここからは、化かし合いだ。

「そんなことをしてもいいのか？」

「この旅館なら、辞めてもいいんです。どのみち雪が解ける頃までと決めていましたから」

　言いながら身体をピタリと寄せてくる。

　柑橘《かんきつ》系の香水の香りと共に、女の温《ぬく》もりが伝わってきた。

「望むところだ」

　川崎は、唇を重ねながら、駒代の身体を布団の上へと引き倒した。柔らかでふくよかな唇だ。

3

「んんんっ」

　唾液に塗《まみ》れた舌を絡ませ合い、紺絣の胸元に手を差し込むと、駒代は、照れくさそうに身を捩《よじ》った。そのまま白い長襦袢に指を這わせる。

「あんっ」

人差し指の尖端が、硬く尖った乳首に触れた。長襦袢の下は生乳のようだ。すぐに直接触らず、薄生地の上から、乳暈《にゅううん》をなぞるように指を回した。決して乳首には触れないように、焦らし、じらし、乳暈を愛《め》でてやる。

「あっ、はぅ」

駒代の背中が次第に反りかえり、眉間の皺が深くなった。

「疼《うず》いてきたか？」

女が発情していく過程を眺めるのが好きだ。

川崎は、指先をもう一方の乳暈に向けた。

触ると、乳暈がぶつぶつと粟立《あわだ》っている。

「はうっ」

弾力のある双乳を迫《せ》り上げた。その瞬間に軽く乳首を摘まんでやる。砲弾のような大きさで、弾力もあった。

「あうっ」

長襦袢の上からだというのに、乳首を摘ままれた駒代が、瞬時に激しく腰を振った。紅帯の下の前身頃が乱れ、脛と膝が現れる。

白足袋を履いたままの生脚が色っぽい。

川崎はその縺《もつ》れる生脚を眺めながら、バストに直接手を伸ばした。

「大きな胸だ」

乳房を下から支えるように揉んだ。乳房は汗ばんでいた。

「あぁあっ」

駒代が喘ぎ、身を捩った。

おかげで前身頃がさらに大きく広がった。太腿が覗けてきた。

下着は着けていないはずだ。

川崎は、さきほど見た黒い茂みを思い出していた。自分の手で着物をまくらずに、露出させたいものだ。

巨乳を揉む手を徐々に山の頂に近づけていく。駒代の太腿が、もぞもぞと動いた。股の底がちらりと見えた。光って見える。

「どんだけ、硬くなっているかな」

そう言って、右の乳首をチョンと摘まんでやる。

「いやっ、感じちゃう」

駒代が何かを蹴とばすように、激しく脚を動かした。前身頃が、左右に完全に開《はだ》けて、陰毛が暴露された。

ふわっと盛り上がっている漆黒の陰毛が、左右はきちんと刈り込まれていた。

乳首を、さらにきつく摘まみ、引っ張った。

「あ〜ん。乳首感じ過ぎちゃう！」

駒代が腰を左右に捩った。やにわに股底がガバリと開き、川崎の方を向いた。

早くも、薄桃色の花に、どろりと粘っこい蜜液が付着しているではないか。

眼や口もとのように取り繕《つくろ》うことが出来ないのが淫処《いんしょ》というものだ。それでいて表情はある。どんなポーカーフェイスの女も、アソコの表情までは誤魔化《ごまか》しようがない。

濡れるときは濡れ、開くときには開く。

男がそこを見たがるのは、そのせいだ。

駒代はスケベだ。

「うっ」

そう思った瞬間、自分の股間がズキリと痛んだ。丹前の上から押さえると土管のように硬くなっている。

そこにすっと駒代の手が伸びてきた。裾を割って、忍び込んでくる。

「ずるい。川崎さん、トランクスを穿いている。和装のときは下着はつけないものよ」

トランクスの上からぎゅっと握られた。

「丹前と褞袍《どてら》でもパンツを脱ぐ習慣があるのか？」

着物から下着のラインが浮くのは品がないと言われるが、丹前は別だろうと、川崎は思う。

「最初から、やる気があれば、脱いでいると思います」

駒代が拗《す》ねたように口を尖らせる。

「普通、やれると思わないだろう……んんっ」

トランクスの上縁が捲られ、ダイレクトに手が入ってきた。温かい手のひらだ。肉棹をぎゅっと握られた。

「んがっ」

思わず間抜けな声をあげさせられる。

「おっきい」

この一言に男は弱い。

「舐めてくれ」

川崎は、みずから丹前の前身頃を掻き分け、トランクスも下げた。男根が発条《ばね》のように跳ね上がる。

「わかりました。でもその前に仕返し……」

身体を起こし、川崎の上へと乗りあがってきた駒代が胸襟も開いた。男の小さな乳首が曝《さら》された。

右の乳首に、駒代の柔らかな唇が降りてくる。

ぷちゅっ、と吸われ、ベロリと舐められた。

「うわっ」

淫波《いんぱ》が四方八方に飛び、思わず尻を浮かされる。

「男の人の乳首が勃起するのを見るのって好きなんです」

さらに吸われた。唇を吸盤のようにし、乳暈を吸い上げ、迫りあがった乳首の尖端を舌腹で、べろんべろんと舐められた。

くらくらとなってきた。

左の乳首が疼きだしたタイミングで、すっと唇が移ってきた。

「あぁあああああ」

歓喜の声をあげさせられ、シーツを摑んだ。肉棹にいくつもの筋が浮き、亀頭が打ち震えている。

そこをさらにぎゅっと握られた。乳首を舐められたまま、さらに肉棹を握った手筒を上下される。

川崎は慌てふためいた。この状況では、たちまち淫爆してしまいそうだ。十秒ともたないかもしれない。

つまらぬ意地だが、それでは男の沽券《こけん》にかかわる。

乳舐めと手扱きの合わせ技に対抗すべく、川崎も駒代の濡れた淫処に、指を向かわせた。

人差し指と中指で女の双花を最大限に広げてやる。花びらの縁が、食虫花のようにゆらゆらと蠢《うごめ》いていた。

「いやん、そんなに開かないで。恥ずかし過ぎる」

駒代が上目遣いに言う。

「乳首をしゃぶりながら、よく言うよ。あんたのここを俺の乳首よりも、尖らせてやる」

包皮から顔を出しているパールピンク色の淫芽を撫でた。川崎の乳首と同じぐらいの大きさだ。

「ひっ」

駒代が呻いた。そのはずみで握りが強くなる。

「おっと」

川崎は、噴きこぼしそうになるのを必死に堪えて駒代の手から、棹を引き抜いた。

それでは次に進めない。

「俺もベロ舐めしてやる」

いきなり駒代の足首を持ち、腰を丸め込んでやる。

俗称『まんぐり返し』。

紺絣の中から、駒代の下半身が掻きだされ、眼前に股間が広がった。指で刺激された淫芽が、真っ赤に尖って燃えている。川崎の乳首より大きくなっている。生臭い女の発情臭が、鼻孔をつく。臭いのに引き寄せられる匂いだ。

「いやっ。せめて電気を消してください」

駒代が両手で顔を塞いだ。

「見たい。あんたの本性が見たいから」

川崎は、駒代の淫処に口を這わせた。黒い茂みが眼前に広がる。原生林を見る思いだ。茂みを眺めながら、舌を伸ばす。会陰部の真上、赤々と燃える突起をベロリとやった。舌腹で、肉真珠を下から上にベロリ、ベロリとやる。

「ふひゃっ、あふっ」

　駒代はしどろもどろになり、顔を押さえていた両手を下ろし、その手で川崎の頭を強く抱いた。

　極点まで追い込むならいまだ。川崎は、顎が花びらに擦れてヌルヌルになるのも構わず、女の尖りだけを集中的に舐めた。

　膣孔《ちつこう》から熱い蜜液がしとどにこぼれてくる。

「いやっ。あっ。そんな一気に責められたら、昇《い》っちゃうわよ。あぁ」

　駒代に髪を毟《むし》られた。蜜の匂いが一段と濃くなった。

　本当に上り詰めようとしているようだ。

　川崎は、ここぞとばかり、舌を止めた。女陰から顔を離す。

「あんっ、いや、止めないで」

　眼の縁をねちっと紅く染めた駒代が、物欲しそうな視線を上げてくる。本当の気持ちだろう。女陰の表情と同じで、淫欲もごまかせるものではない。

　駒代の眼は血走っていた。

　川崎も淫欲に堪えた。

　ここが辛抱のしどころである。鷹揚《おうよう》な仕草で、丹前の帯を解く。トランクスも脱いで、肉茎を取り出した。サラミソーセージのように毒々しい色と硬度だ。その剛《ごう》直《ちょく》を、右手でさすりながら駒代に向けた。

「金はどこに隠した？」

脅すように聞く。

「あんた私と組んだ方が得だと思うけど」

駒代が、自らの指で淫芽を弄りながら、真顔で答えてくる。

たいした女《タマ》だ。

「逃げきれんよ。光宝連合を甘く見るな」

川崎はブラフをかけた。

駒代が覗いたスマホには、部下たちとのメールやＬＩＮＥの形跡を多数残してあった。

全員が光宝連合の幹部に化けた『メールでの芝居』である。

川崎の『やはり香のようだ』というメールから始まっている。明日の朝一番で、武闘派のメンバーたちが、青森入りすることになり、現在の総長である花岡北斗《はなおかほくと》の名前で『逃がすな』と書かれている。

すべて毎朝新聞の予備スマホを活用した偽装メールだ。

川崎は、闇社会専用の情報屋の設定になっている。

発案者は五十嵐。特殊詐欺の手口を追っている間に、みずからも詐欺企画の立案が出来るようになったという。

妙な欲を出さず、記者のままでいてくれることを願う。

「この街に、南米に逃げるルートがあるのよ」

駒代が震える唇で言った。光宝連合の追手に怯《おび》えているようでもあり、淫芽の刺激に感じているようでもあった。

「南米に逃げるルート？」

どこか引っかかるセリフだ。

「そうよ。三沢《みさわ》の米軍基地から出るのよ」

「米軍基地から？」

「そう。こっちにいる女ねぶた絵師が、米軍幹部と親しいの。ねぶた絵はアメリカでも人気で、彼女は、浮世絵や春画の模写もしているそうよ。はっきり言って贋作《がんさく》づくりね」

それは涼子に違いない。

駒代を通じて、涼子の現在も見えてきた。

「ねぶた絵の販売という名目で基地内に入る。彼女の車のトランクに私たちも入れてもらう。あとは米軍の輸送機が、フロリダまで運んでくれて、そこで、日系チリ人のパスポートとクレジットカードを貰える。実在の人物になりすますのよ」

スパイ小説のような話だが、ここが三沢基地に近い場所だけにリアリティがある。

「マイアミからは、自力でサンティアゴまでいかなきゃならないけれど、パスポートとクレジットカード、それにキャッシュもたっぷりあるからどうにでもなるわ。問題は英語力よ。私はてんでダメだけど、川崎さん、どぉ？」

「多少の会話は出来る」

事実だ。毎朝新聞に入社できるレベルの英語力はある。

「光宝連合からの報酬なんて、私がパクッた額の五パーセントぐらいでしょう。私がもっといい暮らしを保証するわ」

情報屋の報酬がどんなものかしらないが、川崎は眼で頷いた。

「いま払えるのは、キャッシュで五千万。サンティアゴでの生活費は充分ある。岸田が出てくるまでの辛抱なのよ。彼が出てきたら、もう誰もがひれ伏すと思う。大手を振って帰国できるわ」

駒代は眼を輝かせている。本気でそう思っているようだ。

「自分の女と寝た男なんて、撃ち殺すんじゃないのか」

芝居の中に入ったつもりで聞く。

「岸田はそれほど情緒的な男じゃないわよ。私のことも川崎さんのことも、金儲けのためにつかえると踏んだら、とことん出世させてくれるわ。そういう男よ」

その話は理解出来る気もするが、川崎は、あえて首を傾《かし》げた。やすやすとは乗らないというポーズだ。

「お願い、とにかく挿入して！」

駒代が尻を振り立てた。川崎はそれには応えることにした。

腰を下ろし、ぱんぱんに膨らんだ亀頭を駒代の花芯に宛てがった。ズルリズルリと上下させ、肉をなじませる。

不意を突いて挿し込んだ。肉路をこじ開けるように突入させていく。

「あんっ、いいっ」

駒代が両脚を川崎の尻に絡ませてきた。

ずんちゅっ、ぬんちゅっ。

出没運動を繰り返しながら、駒代の耳もとで囁く。

「いつ三沢基地に入るんだ？　明日の九時二十分ごろには青森空港に特攻隊がやっ

てくるぞ。十一時にはこの旅館は囲まれるだろう」

駒代の脱出方法が知りたかった。ぎりぎりまで付き合ってやってもいい。実体験レポートになる。

「早朝のうちに、ねぶた絵師に来てもらいます。実は川崎さんが来た時に、胸騒ぎがして、彼女に電話しておきました。明日の七時にここを出ます」

「わかった。一緒に出よう」

川崎は急ピッチで尻を振った。サラミソーセージが肉まんじゅうを抉るように突く。

「あぁあぁあっ。昇くっ。一緒に昇って！」

駒代の肉層が、急速に窄まった。亀頭がパカンと割れるような錯覚を得た。

「んんわっ」

ドクンドクンと肉棹が脈打ち、切っ先から威勢よく精汁を噴き上げた。

「あぁああ」

駒代がむしゃぶりついてくる。川崎は放心したまま、精汁を流し続けた。

＊

「ここよ」

駒代が、北奥館の裏庭の一角を指さした。

朝六時三十二分。

東の空がオレンジ色に輝いた瞬間だった。

今朝は晴れだ。

川崎はスコップで重い雪を掘った。一メートルほど掘ったところで大型キャリーケースが二個現れる。どちらも黒色だ。一個に一億円入っているようだ。

「なるほど、ここなら、寮のあなたの部屋からも旅館の厨房からもよく見えるから安心だったわけね。雪のある間は、気づかれない。だから来たのね」

背後で涼子の声がした。

黒のダウンコートに同じく黒の暖パンを穿いている。ブーツのくるぶしあたりまで、雪に埋まっている。

「涼子さん、約束通り一千万払います。すぐに米軍基地へ連れていってください」

駒代がキャリーケースのひとつを開けて、札束を取り出した。

「もう、正面にリチャード大尉がジープで来ているわ。でも、香ちゃんが持っていくお金が一千万円よ」

涼子が肩を竦《すく》めた。化粧のノリがいい。

「えっ」

駒代こと出居《いでい》香の顔が凍り付いた。

「一千万でも逃げられるのなら、いいじゃない。それとも、ここで光宝連合の特攻隊に捕まって、マカオに売られちゃうほうがいい？　たぶん間もなく、羽田を飛ぶわ。提携している道奥会が、もう浅虫にむかっているみたいだし。早くジープに乗ったほうがいいと思う。ほら、乗っちゃえばもう治外法権だから」

涼子が、キャリーケースを引き寄せた。

「くそ女だったのね」

駒代が百万円の束を十個、トートバッグに放り込み、表に走った。

「俺はここまでにするよ。一千万円でふたりは生き延びられない」

川崎はスコップを放り投げた。芝居を降りる口実が出来た瞬間でもあった。

「情報屋として終わりね。撃ち殺されたらいいわ」

背中を見せたまま駒代が捨てゼリフを吐いた。

涼子とふたりきりになった。朝日が雪に反射して眩《まぶ》しい。

「再会まで利用されるとはな」

川崎は、涼子に向き直った。

「あの子が浅虫に入ったという時点で、すぐに逃亡者だろうと見当がついたわ。それで、米軍基地ルートの話を吹きこんだのよ。ここのバーでね。外国人ホステスの密出国を手伝っていることにして」

「あんたも立派な悪党になったもんだ」

皮肉のひとつも言いたくなる。

「春まで待つつもりだったのよ。でも川崎さんが会いたいと言ってきたときに、これ使えるなって思った。詐欺事件を追っているのちゃんと知ってたし」

「俺もマークしていたのか」

「だって、いつか必ず来ると思っていたもの」

「青森ほほえみ信金の横領した金は本当は、笹川とあんたが持ち出していたんじゃないのか？　書く気はないぜ」

「出居香のことを書きなさいよ。記事もプレゼントしたんだから、チャラでいいでしょう」

涼子が歩き出した。

川崎はようやく合点がいった。青森ほほえみ信金の金の一部は、間違いなく笹川夫婦が着服しているのだ。

そもそも横領額が返却されたわけではない。当時逮捕された理事長は、いまなお服役中だ。

罪を被せられそうになった当時の融資課長笹川正明は離婚し、南米に移住している。妻であった涼子は青森でのうのうと暮らしている。

どこかおかしい。

疑問は他にもあった。

「ひとつだけ聞きたい」

「なあに？」

涼子は背中を向けたままだ。陽がどんどん昇ってくる。だが、まだ雪が溶ける気配はない。

「光宝連合が来るというのは俺が作った芝居だが、あんたが言った米軍のジープの方は本物なのか」

涼子がくるりとこちらを向く。

「そんなわけないでしょう。リチャードはフィリピンホステスの手配師よ。彼女には、マニラのゴーゴーバーで働いてもらう。きっと売れっ子になるわ」

雪の反射があまりにも強くて、涼子の表情は見えなかった。

一切は、雪の中だ。

もはや聞き出せることは何もあるまい。

部屋に戻り、荷物を抱え正面玄関に降りた。

「あらまぁ、朝食も食べずに、お帰りだべが？」

白い割烹着をかけた老女将が驚いた顔をした。

「すまない。東京から急に呼び出された。まだゆっくり来るはんで」

川崎は会釈し、財布を取り出した。

「あれま、一晩ですっかり津軽弁喋るようになったべが。へば、タクシー呼ぶはんで、ちょっと待ってけな」

「いや、駅にいきます。ですから会計だけでいいです」

川崎は、スマホで時刻表を確認しながら言った。七時十四分発の青森行きがある。

こんな日は、雪列車という趣向も悪くない。

会計を済ませ、川崎は浅虫温泉駅まで歩いた。かつてはJR東日本の管轄だったが、十一年前に東北新幹線が新青森駅まで開通した後は、青い森鉄道が運営している。昭和を連想させる鄙《ひな》びた駅だった。

改札を渡り、ホームに出ると、再び雪が降ってきた。

レールの上を舞う雪と鼻孔を擽《くすぐ》る湯の香り。

川崎は、なんとなく川端康成の『雪国』の光景を思い出した。

芸者、駒子《こまこ》か……。

洒落た源氏名にしたものだ。

電車が入ってくるまで、まだ五分ほどあった。ぼんやりホームの先を眺めた。最初は色づいて見えていた景色も、次第に白と黒に塗り分けられていく。

不思議なもので、モノトーンの風景を眺めていると、過去に戻されたような気分になる。映像で印象付けられた記憶なのか、はたまた子供時分に見た原風景なのか、そこはわからないのだが、モノクロの風景はとにかく過去を連想させる。

不意にポケットの中で、スマホが震えた。

涼子かと思い、取り出してみると違った。

バー『正義の味方』とあった。新宿二丁目にあるバーだ。

とたんに、あたりの景色が色づいた。

「あ〜ら、新聞記者は朝っぱらでも、電話に出るのね」

カラオケを歌い過ぎたような嗄《しわが》れた声が聞こえてきた。本業は刑事の周子ママの声だった。

雪吹雪のベールの向こう側に、大都会の朝の光景が浮かび上がる。

「そっちは徹夜明けかよ。髭の生えたママの顔《つら》は見たくないものだな」

「相変わらず、減らず口を叩くわね。こっちもたったいま警視庁《ホンシャ》からたたき起こされたところよ」

「なんだ、寝ていたのか」

知っていてわざと言う。眠らない街といわれる新宿二丁目も、コロナ禍には勝てず、現在は眠っている時間の方が多くなった。

「ちょっと、取材をして欲しいことがあるの。桜機関としてのミッションだ」

周子の声が、刑事のものになった。初めて聞くトーンだ。

「約束だから、受けるぜ」

八戸《はちのへ》方面から粉雪を蹴り飛ばしながら列車がやって来た。いで湯の香りとはマッチしない、電車特有の鉄の匂いが接近してきた。

「宝蔵女子芸大のイベントサークルをあたってくれないか」

周子が意外な大学名を告げてきた。

「宝蔵女子芸？」

たった今まで一緒だった篠崎涼子も、宝蔵女子芸大の美術学部卒だったはずだ。

それにもうひとり、かつての同僚、能村悦子からの報告では、毎朝新聞秘書課に勤務している黒沢七海も同じ大学の出身だ。

「なにがあるんだ？」

「あの大学のイベントサークルに上海の工作機関が入り込んでいる。もう十年も前からだ。コロナ禍で、活動が鈍っている。揺さぶるなら今がチャンスだというのが、本社の判断だ。あんたの好きな国税庁の奈美もミッションに参加する。どうだ」

「どうも、こうもないだろう。受けると言ったはずだ。いま青森にいるんだが、すぐに東京に戻る」

「待っているよ」

電話を切ると同時に、列車が滑り込んできた。たっぷり屋根に雪を被った列車だった。

乗り込み、窓際に座った。ゆっくり動き出す列車の車窓から、北奥館が見えた。

涼子はまだあの辺りにいるのだろう。

「あんたの正体を、いまに暴いてやるぜ」

川崎は、胸底でそう呟いた。

列車が、海沿いからすぐに森の中へと入った。

春にはきっとこの町にまた戻ってくることだろう。

初出（掲載誌はすべて「小説宝石」）

三誉の松　二〇一七年一一月号
愛と欲望の大女優　二〇一八年三月号（「欲望記者」改題）
暴露の報酬　二〇一八年一二月号
据え膳　二〇二〇年八・九月合併号
雪化粧　二〇二一年三月号

※文庫化にあたって大幅な加筆修正をしております。

光文社文庫

文庫オリジナル
全《ぜん》裸《ら》記《き》者《しや》
著者　沢《さわ》里《さと》裕《ゆう》二《じ》

2021年12月20日　初版1刷発行

発行者　鈴木広和
印刷　豊国印刷
製本　榎本製本

発行所　株式会社　光文社
〒112-8011　東京都文京区音羽1-16-6
電話（03）5395-8149　編集部
8116　書籍販売部
8125　業務部

© Yūji Sawasato 2021
落丁本·乱丁本は業務部にご連絡くだされば、お取替えいたします。
ISBN978-4-334-79285-5　Printed in Japan

R ＜日本複製権センター委託出版物＞
本書の無断複写複製（コピー）は著作権法上での例外を除き禁じられています。本書をコピーされる場合は、そのつど事前に、日本複製権センター（☎03-6809-1281、e-mail : jrrc_info@jrrc.or.jp）の許諾を得てください。

組版　萩原印刷

本書の電子化は私的使用に限り、著作権法上認められています。ただし代行業者等の第三者による電子データ化及び電子書籍化は、いかなる場合も認められておりません。

ジャンプ　佐藤正午
彼女について知ることのすべて　佐藤正午
身の上話　佐藤正午
人参倶楽部　佐藤正午
ダンスホール　佐藤正午
ビコーズ　新装版　佐藤正午
死ぬ気まんまん　佐野洋子
女王刑事　沢里裕二
女王刑事　闇カジノロワイヤル　沢里裕二
わたしの台所　沢村貞子
わたしの茶の間　新装版　沢村貞子
わたしのおせっかい談義　新装版　沢村貞子
鉄のライオン　重松清
ミストレス　篠田節子
黄昏の光と影　柴田哲孝
砂丘の蛙　柴田哲孝
赤猫　柴田哲孝

猫は密室でジャンプする　柴田よしき
猫は毒殺に関与しない　柴田よしき
ゆきの山荘の惨劇　柴田よしき
消える密室の殺人　柴田よしき
司馬遼太郎と城を歩く　司馬遼太郎
司馬遼太郎と寺社を歩く　司馬遼太郎
北の夕鶴2/3の殺人　島田荘司
奇想、天を動かす　島田荘司
龍臥亭事件（上・下）　島田荘司
龍臥亭幻想（上・下）　島田荘司
漱石と倫敦ミイラ殺人事件　完全改訂総ルビ版　島田荘司
フェイク・ボーダー　下村敦史
サイレント・マイノリティ　下村敦史
本日、サービスデー　朱川湊人
狐と韃　朱川湊人
少女を殺す100の方法　白井智之
名も知らぬ夫　新章文子

沈黙の家　新章文子
シンポ教授の生活とミステリー　新保博久
銀幕ミステリー倶楽部　新保博久編
くれなゐの紐　須賀しのぶ
ブレイン・ドレイン　関俊介
孤独を生きる　瀬戸内寂聴
生きることばあなたへ　瀬戸内寂聴
寂聴あおぞら説法　こころを贈る　瀬戸内寂聴
寂聴あおぞら説法　愛をあなたに　瀬戸内寂聴
寂聴あおぞら説法　日にち薬　瀬戸内寂聴
いのち、生きる　瀬戸内寂聴　日野原重明
幸せは急がないで　瀬戸内寂聴　青山俊董編
贈る物語 Wonder　瀬名秀明編
成吉思汗の秘密　新装版　高木彬光
白昼の死角　新装版　高木彬光
人形はなぜ殺される　新装版　高木彬光
邪馬台国の秘密　新装版　高木彬光

「横浜」をつくった男　高木彬光
神津恭介、犯罪の蔭に女あり　高木彬光
刺青殺人事件　新装版　高木彬光
社長の器　高杉良
ちびねこ亭の思い出ごはん　黒猫と初恋サンドイッチ　高橋由太
ちびねこ亭の思い出ごはん　三毛猫と昨日のカレー　高橋由太
ちびねこ亭の思い出ごはん　キジトラ猫と菜の花づくし　高橋由太
バイリンガル　高林さわ
乗りかかった船　瀧羽麻子
王都炎上　田中芳樹
王子二人　田中芳樹
落日悲歌　田中芳樹
汗血公路　田中芳樹
征馬孤影　田中芳樹
風塵乱舞　田中芳樹
王都奪還　田中芳樹
仮面兵団　田中芳樹

光文社文庫　好評既刊

旌旗流転　田中芳樹
妖雲群行　田中芳樹
魔軍襲来　田中芳樹
暗黒神殿　田中芳樹
蛇王再臨　田中芳樹
天鳴地動　田中芳樹
戦旗不倒　田中芳樹
天涯無限　田中芳樹
白昼鬼語　谷崎潤一郎
ショートショート・マルシェ　田丸雅智
ショートショートBAR　田丸雅智
ショートショート列車　田丸雅智
花筐　檀一雄
優しい死神の飼い方　知念実希人
屋上のテロリスト　知念実希人
黒猫の小夜曲　知念実希人
神のダイスを見上げて　知念実希人

娘に語る祖国　つかこうへい
槐　月村了衛
インソムニア　辻寛之
エーテル5・0　辻寛之
サクラ咲く　辻村深月
クローバーナイト　辻村深月
みちづれはいても、ひとり　寺地はるな
逢う時は死人　天藤真
アンチェルの蝶　遠田潤子
雪の鉄樹　遠田潤子
オブリヴィオン　遠田潤子
さえこ照ラス　友井羊
駅に泊まろう！　豊田巧
駅に泊まろう！　コテージひらふの早春物語　豊田巧
隠蔽人類　鳥飼否宇
逃げる　永井するみ
にらみ　長岡弘樹

光文社文庫最新刊

光まで5分	桜木紫乃
群青の魚	福澤徹三
退職者四十七人の逆襲 プロジェクト忠臣蔵	建倉圭介
SCIS 科学犯罪捜査班V 天才科学者・最上友紀子の挑戦	中村 啓《ひらく》
ちびねこ亭の思い出ごはん ちょびひげ猫とコロッケパン	高橋由太
天職にします！	上野 歩
おとぎカンパニー	田丸雅智
全裸記者	沢里裕二
鬼火の町 松本清張プレミアム・ミステリー	松本清張
縁むすび 決定版 研ぎ師人情始末(十四)	稲葉 稔
服部半蔵の犬 奇剣三社流 望月竜之進	風野真知雄
師匠 鬼役伝(二)	坂岡 真